大賢者の愛弟子

Great wise man's beloved pupil

＜防御魔法のススメ＞

ナカノムラアヤスケ

イラスト●植田亮

TOブックス

イラスト／植田亮
デザイン／木村デザイン・ラボ

プロローグ　入学前なお話

俺はリース。王都から馬車で一週間以上も掛かる距離にある町出身の健康優良児だ。歳は十五。得意な魔法は『防御魔法』だ。敵からの攻撃を防いだりするアレだ。

……やはり訂正しておく。俺が『扱える』魔法は防御魔法『だけ』だ。それ以外の魔法に関しては致命的に才能が欠落しているらしい。

どうやら、俺以外の人間はだいたい『属性』を有した何かしらの魔法を習得、行使できるようだ。指先に火をともしたり、風を起こしたり、水を生み出したり、地面を動かしたり、と。ついでに言えば『防御魔法』なんて、魔力を持って生まれた人間なら誰もが扱える初心者向けの、更にその手前扱いの超初歩的魔法だったりする。

俺より数日前に生まれた友人なんてすごいぞ。

一人の人間が扱える属性は基本的に一属性。だが、俺の幼なじみでもあるそいつは前代未聞の四属性持ちだ。極希《ごくまれ》に二属性持ちも出たりするが、四つの属性を持つ人間など記録に残っている限りでは数えるほどらしい。

しかもこいつ、昔から妙に頭がよい。言葉を話せるようになったのも、町で同年内に生まれた誰よりも早かったし、歩き回るのも早かった……らしい。

バブバブハイハイしていたころの記憶なんて正確に覚えているわけないだろ。実母の乳を吸う記憶など思い出したくもないわ！　色々と萎《な》えるわ！　するなら若いねーちゃんの乳にしたいわ！

話が脱線した。

幼なじみのそいつ――アルフィと言うのだが、齢《よわい》六歳にして無駄に落ち着いた感じで無駄にカリスマが溢れ、いつの間にかガキどものリーダー格となっていた。大人数で遊ぶときはだいたいアルフィが中心となって騒いでいたと思う。俺か？　女子のスカートめくりに勤しんで、張り手を頬《ほお》に食らってたな。あの頃は俺も若かったんだよ。今では外見より中が大事なのだと心得ています。ああ、彼女ほしい。

また脱線したな。

奴は女にモテた。多分、ガキどもの中では一つ飛び抜けたイケメンであり、さらには運動もできた。子供同士の喧嘩《けんか》では『一人を除いて』負けなしだ。喧嘩を売ってくる当て馬的な若造を、爽やかスマイルを保ったままノックアウトするのだ。そりゃぁ女子から黄色い歓声も飛ぶだろうさ。俺か？　お隣のお隣のお姉さんの風呂場を覗《のぞ》こうとしたがあえなく見つかり、甲高い悲鳴と共にタライが飛んできた。後もう少しで『山』の頂点を視界に収められたのに。無念。

また脱（略）。

奴は勉強もできた。魔法に関して優れた才能を持った輩は、そのほとんどが優秀な頭脳を持っているらしいのだが、アルフィもその例に漏れず学校では非常に優秀な成績を誇っていた。学校ではテストの都度に先生に褒《ほ》められるのが日常風景となっていたな。俺か？　学校の廊下でバケツ両手に立たされているのが日常風景になってたな。黒板に想像しうる限りの美しい女体を描いたのがバレたらしい。友人からは大絶賛を受けたのに。あ、成績は割と上位です。勘違いするなよ？　俺も勉強はそこそこできたのだ。ただ、俺の行動が理解されなかっただけなのだ。

ま（略）。

安心してほしい。ここからが本番だ。

優秀すぎる上にイケメンという、野郎の大半が（爆死しろ）と念を送りつけたくなるであろうアルフィという男だが、奴にも面白いところがあったりする。

ある日は「くッ、俺の左目が目覚める」とか目を押さえながら呻《うめ》いていた。ゴミでも入ったのか？

ある日は「我が右腕が言うことを聞かぬ」とか、腕を押さえながら呻いていた。肘の痛いところでもぶつけたのだろう。

ある日は「俺の右手が真っ赤に燃えさかるっ!?」とか、叫んでいた。火属性魔法を使ってりゃぁそりゃ燃えさかるでしょうよ。

こんな挙動不審なそぶりを時折見せてくれる、割と愉快な奴でもあるのだ。なんだかんだで良い友人である。

さて、前置きはここまでで良いだろう。

俺が十五歳の時。アルフィの噂《うわさ》を聞きつけたある人物が町を訪れた少し後から話は始まる。

友人のことばかりを紹介していたが、これは俺による成り上がり物語である。

第一話　スカウトが来たようです――友人に

我が家は町の一般家庭だ。家族構成は四人。親父は町の酒工房で働く飲んだくれだ。家庭内暴力は無い普通に良いオトンだが、酒が入ると昼だろうが夜だろうがオカンとベッドに直行する。そしてオカンは普通の専業主婦。だが、オトンにベッドに連れられた次の日は顔をつやつやにして、逆に親父はげっそりしている。俺は良識ある息子なので深くは追及しまい。

そしてその結果として生まれた我が妹は可愛い。最近反抗期なのか、目があうとすぐに顔を逸らされるのがお兄ちゃんの悲しいところだが、それでも愛すべきマイシスターだ。将来アルフィあたりが婿《むこ》さんになってくれるとうれしいのだが、奴は競争率高いからな。兄ちゃんは応援しています。

さて、俺の日常は、親父の仕事を手伝うか、町の付近に聳《そび》える山に足を踏み入れている。正確には、山の奥深くに建っている家を訪ねているのだ。ちなみに、普通に歩くと大人の足でも確実に三時間掛かるが、俺なら五分で到達できる。それがなぜかは後に説明しよう。

俺もこの日、いつものように『彼女』の家を訪ねた。そのついでにだが、道中で『お土産』も調達している。

「おおい。今日も遊びに来たぞぉ」

樹齢百年を楽に越えていそうな大樹。その根本にぽつりと備え付けてある扉をノックし、十歩ほどそこから離れた。

「ほちょぁッ！」

扉がドバンっと外向きに開くと、その内側から『幼女』が跳び蹴りをかましてきた。

「おらぁッ！」

『彼女《ようじょ》』がそう来ると読んでいた俺はタイミングを合わせて回し蹴りを繰り出す。彼女の足と俺の足が互いに交錯すると、体に衝撃が走り互いに真逆の方向に吹き飛んだ。幼女と俺はあえて衝撃に逆らわずに飛ぶと、ほぼ同タイミングに空中で回転し、両足から地面に着地した。

俺たちは即座に構えるが、数秒もすれば幼女は構えを解き、ころころと笑った。

「ふむ、あいかわらず見事な蹴りよの」

「……いい加減、この挨拶《あいさつ》やめね？」

「この婆《ばばあ》の数少ない楽しみじゃ。嫌ならもう来なければよかろう」

もはや何度目になるか分からないやり取りを経てようやく落ち着いた。

「良く来たなリース。ま、とりあえず中に入れ。茶でも飲もうかの」

「あ、今日はお土産がある。後で調理してくれ」

「ほぉう。今日はなにを獲って来たのじゃ？」

背後を親指で指さし、幼女はそちらに目をやった。俺の背後には、体長五メートル近くはある巨大な熊が横たわっていた。

「……ワイルドベアか。今日は熊鍋かの」

「おいおい。ここは大物を獲って来た俺に賞賛を送る場面じゃね？」

「お主にとって、この程度はゴブリンを狩るのとさほど変わらんじゃろうて」

「流石にゴブリンほど簡単じゃぁねぇよ」

「どうかのぉ。少なくとも、『お土産』代わりに狩るような獲物でないのじゃ」

「いいじゃねぇか、細かい話は。それより熊鍋食わせろ。こんなでかいのを家に持って帰ったら、家族が腰抜かす」

「儂《わし》にとっては、お主の存在そのものの方が腰を抜かすのではないかの？」

「馬鹿を言うな。俺はどこにでもいるような健康優良児だ」

「どこにでもいるような健康優良児が、こんな危険地帯のど真ん中にまでこれるか」

「そんな危険地帯に好んで住まう幼女に言われたくない」

「誰が幼女じゃ！　これでもお主の十倍以上は生きとるんじゃぞ！」

「ならせめて皺々《しわしわ》の婆かボン・キュッ・ボンの美女テイストな姿をしてくれや。そしたら幼女とは呼ばないから」

「……前者は分かるが後者はなんでじゃ？」

「その方が俺が嬉しい」

「聞いた儂が馬鹿じゃった」

ちなみに、このやり取りも割といつもの光景だ。

「して、今日は何用じゃ？」

「とりあえず、あのデカ物の処理をしに来たのが一つ」

「人の家をゴミ捨て場みたいに言うでない」

「後で美味しく戴くんだからいいだろ。それと後一つ。相談したいことがあってな」

「珍しいの。お主が悩み事を人に相談するとは。だいたい自分で考え抜いて結論を出すタイプだろ、お主は」

「答えはだいたい出てるんだが、最後の後押しが欲しいっつーかな」

「……ま、なんじゃや。儂にとっては刹那《せつな》じゃが、お主にとってはそこそこに長いつきあいであるとは自負しておる。聞くだけは聞いてやろう」

「じゃ、とりあえず回想入ります」

「……誰に向かって言っておるのだ？」

その答えは各々の胸の中にある。


都からスカウトマンが来て友人を学校に勧誘してました。


「ってなわけよ」

「簡潔過ぎじゃろ！　もうちょい詳しく説明せいや！」

婆《ばあ》さんが熊鍋の仕込みをし、俺もその手伝いをしながら簡潔な説明をすると、婆さんがキレた。

「贅沢《ぜいたく》なやっちゃな」

「アレッ!?　儂がオカシいの!?」

「オカシいのはあんたの容姿だ」

「やかましいわッ！」

湯飲みが飛んできた。

我《わ》が儘《まま》な婆様《ようじょ》の要望「ルビがオカシくなかったか？」にお答えして、熊鍋が出来上がるまでの間にもうちょい詳しく説明するとしますか。

が、その前にちょいと前置きにしよう。

俺の祖父《じい》さんのさらに上の世代では、『学校』とはごく一部の貴族層だけが通うことが出来る場所だったらしい。だが、当時の国の偉い人が『人は国の力なり。人は国の宝なり』と宣言し、今に至る学校の制度を一新したらしい。おかげでこの国の少年少女は十二歳までは国が費用を賄《まかな》い、国民は実質無料で通えるのだ。結果的に、国民全体の知識が向上し、市井に埋もれていた人材の発掘に大いに役立っているとか。

ただし、十二歳より以降に掛かる学費からは国からの援助が打ち切られ、財政に余裕のあるご家庭しか子供を学校に通わせることが出来ない。そこから先は祖父さんのさらに上の代と同じく、貴族のご子息限定の教育の場である。

アルフィの奴はその優秀さもあってか、学費を免除されて町にある貴族の学校に現在も通っている。『特待生』って奴か。平民上がりの同級生に対して最初は周囲からの風当たりも強かったらしいが、持ち前の超才能を見せつけることによって、今では貴族学校の生徒会長にまで成り上がっているとか。奴は順調にサクセスストーリーを描いている。

一方で俺は、親父の家業を手伝いつつ、暇を見てはこうして山の奥底で世捨て人のような生活を送っている婆様に色々と教わっている。授業料は家の手伝いで作った酒と今回持ってきた『獲物』で賄えているので全く問題ない。

さて、前置きがようやく終わってここからが本題だ。

事の始まりは昨日に遡《さかのぼ》る。


「リース聞け！　俺のところに都からスカウトが来た！」

「――へぇ、そうなんだー」

「あれッ!?　なんか投げやりッ!?」

どこぞの見た目幼女のような反応を見せながら我が家の扉を開け放っているのは我が友人であるアルフィだ。相変わらずのイケメンフェイスだが、急いで走ってきたせいか髪がボサボサでイケメン度が僅かに減少している。

「というか、俺が居間でまったりしてなかったらどうすんだよ。外出中だったらいない奴の名前を叫びながらノックもせずに扉を開け放った恥ずかしい人になってたぞ、お前」

「相変わらず憎たらしくなるほどにマイペースな奴だな、お前」

「まぁ、とりあえず中に入れよ。出涸《でが》らしの茶で良ければ出してやるからさ」

「それは言外に『帰れ』と言ってる？」

「茶葉がこれで最後なんだ。他意はない」

少しして、席に座ったアルフィの前に『お茶の色が付いたお湯』を出した。

「……まさしくただのお湯だな。味がしない」

「出涸らしだからな」

それでも喉《のど》が渇いていたのか、アルフィはお湯を口に含む。俺は自分用に煎れた『美味いお茶の味をするお湯』を口に含んだ。

嘘は言っていない。お客様用の安売り茶葉は無くなっていたが、自分専用のお気に入り茶葉はまだまだ蓄えがあるだけだ。これは家族にも極希にしか出さない秘蔵の一品だ。

「…………気のせいか、貴様のお茶から非常に香ばしい匂いが漂ってくるような気がするのだけが？」

「隣の家でおいしい茶でも煎れてるんじゃゃねぇの？」

「そうか……」

チョロい。

「で、何の用だ？　ただの出涸らしを飲みに来た訳じゃないんだろ？」

俺の言葉にアルフィが口元で湯飲みを傾けた格好のままピシリと固まった。ちょっと忘れていたらしい。彼は頬を赤くしながらゆっくりと湯飲みをテーブルの上に置くと、軽く咳払いをした。

「ん、んん。……実は今日、都からある人物が俺をスカウトしに貴族学校にきた」

「それはさっきも聞いた。もっと具体的に、熱く、脈動的に臨場感溢れた風味でお願いします」

「無茶言うなよ⁉」

「いいから話せや」

「お前と話してると本当にペース崩れるなッ！　ったく、スカウトにきたのは都のとある学校の教師だ。お前も『ジーニアス魔法学校』の噂は聞いたことあるだろ？」

「えーっと、確か俺たち国民の血税を潤沢に使って作られた、貴族のお嬢様お坊ちゃま達が通う無駄に豪華なエリート学校だっけか？」

「……何一つ間違ってないが、その悪意に満ちた説明は何なんだよ」

「気にするな」

美味い茶を一口。うむ、美味い。

「ま、アレか。おまえさんの超絶に優秀すぎる才能を聞きつけたエリート学校の人間が『こんなド田舎でその才能をくすぶらせているのはもったいない！　是非我が校に来てくれ！　ついでに卒業後には学校の名前を大々的に広めてくれると以降の入学者が殺到して財政ウハウハなんです！』とでも続くんだろうさ」

「……確かにお前の言うような思惑もあるのも間違いないが。貴族に何か恨みでもあるのか？」

「おまえさんの同級生にはちょびちょび恨みはある」

貴族様の学校で生徒会長をしているお方の友人が一般庶民Aという事実を許せない輩とかがいたりするのだ。その生徒会長様も平民なのだが、そこは持ち前のイケメンフェイスと無駄に優秀な成績で誰も文句が出ない。

「リースの場合は半分ぐらいは自業自得だと思うけどな。というかッ、ほとんどきっちり仕返ししてるだろうが！　俺がそれでどれだけ尻拭いしたと思ってんだ！」

「や、持つべきは権力を持った友人だな」

「確信犯の上に下種《げす》じみた言葉だな！」

閑話休題《それはともかく》。

「で、ぶっちゃけそれがどうしたのよ。学校？　勝手に行ってなさいよ」

「……その、悔しかったりしないのか？」

「全然」

「本当に？」

「欠片も」

「羨《うらや》ましがれよ！」

「人のこと言えないが、おまえさんも大概に無茶ぶりだな」

「自覚あったのかッ⁉」

「あー、都のおいしい食べ物とかは気になる」

「学業関係ないなッ⁉」

何せ、知識という点ではおそらくあの『のじゃロリ』に勝る者はそうはいないだろう。

伊達に祖父さんの代のさらに一つ上に届く年の功を重ねてはいない。

なお、あの婆さんの存在を知るのはこの町でも極僅かばかり。アルフィも知らない。一度アルフィを婆さんに紹介しようと思ったことがあったが『優秀な奴を鍛え上げるなぞ儂の性には合わんよ』と婆さん本人にきっぱりと断られた。つまり、俺は優秀な奴ではなかったらしい。間違っていないがちょっとだけ釈然としない。

「爆発すればいいのに」

「唐突だなッ⁉」

「つまり、来月から都の学校に通うわけだ」

「……本当にどうでもよさそうだな。間違ってはいないが」

「幼なじみのこととは言え、割と他人事だからな。ま、無駄に優秀で無駄にイケメンなお前ならスカウトの一つや二つが来ても不思議じゃぁないが」

「褒められているのに褒められている気がしない」

「褒めてる褒めてる」

「……くそッ、何でこいつはこうもマイペースなんだよ。自慢しに来た俺が馬鹿みたいじゃないか」

「今頃気付いた？」

「そこは思ってても口にするなッ！」


「────という話があったわけよ」

「話の内容よりも、アルフィとかいう小僧の扱いが不憫《ふびん》に思えてくるのは儂の気のせいだろうか」

「気のせいだろ」

互いにお茶を飲んでほっと息をつく。ちなみにこの茶葉は俺のお気に入り茶葉であり、出元は目の前のロリ婆。余っているようなのでたまにわけてもらっているのだ。

「それで、お主の悩みとは何なのじゃ？　聞いている限りで悩みの欠片も見つけられなかったが」

「あんたは一応、俺の『夢』――というか、目標は知ってるよな？」

「まぁ……儂に教えを請うお主の根底だからな」

「もう教えること、無いがのぉ」と遠い目をする婆様。いやいや、まだいろいろと教えて欲しいことはあるが。

「ただ、アルフィの話を聞いててちょろっと思ったわけよ。国中からエリート様が集まる場所でいろいろと派手に立ち上げたら、なかなかに愉快な事が出来るんじゃないかってな」

「――今のお主、かぁなぁり悪い顔をしておるぞ」

「何を仰る。あなた様もかぁなぁり悪い顔をしてらっしゃる」

ぐふりぐふりと、野郎と幼女が揃って悪い笑顔を浮かべていた。俺のような輩の教師代わりを引き受けてくれた世捨て人だ。こういった愉快な考えの波長は一緒なのだ。

——人生は楽しんだ者勝ち、やった者勝ち。

これが俺と婆さんの共通認識である。

「悩みとは言うが、やはりお主の中で結論は殆ど出ているのだろう？」

「まぁな。ただ相談事があるのは間違いないんだよ」

「聞いた限りでは……主に『金』に関してじゃろ？」

婆さんの言うとおりだ。アルフィはスカウトという形なので費用に関してはかなりの便宜を図ってもらえるらしい。学費と生活費は免除の上、国からある程度の『支給金《おこづかい》』までもらえるとか。

「……まぁ、お主の場合。金の問題はどうとでもなるじゃろ」

「え、マジで？」

「自覚がないようなので言っておくがワイルドベアは一流の『狩人《ハンター》』でも複数人で当たらなければ討伐が困難な超危険魔獣。それを単独でしかも無傷で撃破なぞ、一般人が聞けば発狂するレベルの功じゃぞ」

「あぁ、確かにそんなこと言ってた気がする」

だいたいの『獲物』は我が家か婆さんの家《ここ》で美味しく調理していたので、魔獣の販売価格なぞあまり気にしたことがなかった。たまに小遣い稼ぎに余った素材を商人に売り払う程度だ。

「そうじゃなぁ……、お主の場合。装備の経費も殆ど掛からんし、単独故に山分けの必要もない。とすると、ワイルドベア相当《クラス》の魔獣を三匹か四匹程度狩れば、たかが学費程度は十分にカバーできるじゃろうて。問題はむしろ、その売却費用を賄える商人がお主の町にいるかどうかじゃな」

ワイルドベアを三匹か。あの熊鍋は絶品でその分をすべて売り払うにはちょっと抵抗があるな。

「それに関しては儂に考えがあるので何とかなるじゃろ。次なる問題はあれじゃ、どうやって『入る』かじゃが。考えはあるのか？」

「スカウトマンに喧嘩を売って勝つ」

これしかない、と拳をぐっと握る。

「……さすがに捕まるから止めておけ」

握った拳がへにょっとなった。

「しょうがないのぉ。かわいい弟子の為じゃ。こちらも手を打っておこうか。幸いにも学園に『伝手』が無いわけじゃないからの」

「『伝手』？　婆さん、伝手なんかあったのか」

「伊達に長年婆をやってる訳じゃないんでの。いろいろと顔は利くんじゃよ。特に長寿の種族に古い知り合いがちょびちょびおる。くたばってなければの話だがな。学園の『小僧』に関してはまだ生きておるだろう。奴が死ねば儂のところにも話がくるはずじゃからな」

この日の話はそれでいったん終結した。後は話の最中で完成した熊鍋を婆さんと二人でツツいた。食材の旨味も当然ながら、婆さんの料理の腕によって素晴らしい味となった熊鍋に満足し、俺はその日は引き上げたのだった。

第二話　都に出てきた田舎者――カモは果たしてどちらだ？

その二日後、俺は故郷の町から都へと続く直線ルートの『上空』を『疾走』していた。

空を『走る』と、他人が聞けば首を傾げるか頭の中身を心配したくなるような言い回しだが、やっている本人からすれば間違いではないと断言できるだろう。

あらかじめ断っておくが、これは確かに魔法を利用しての移動手段だが、決して風属性の魔法を使っているわけではない。あくまで俺が扱えるのは防御魔法だけである。

「流石に都には行ったこと無いからな……。婆さんの言ってた話が間違いでなきゃ、このペースで行けばあとちょいで着くか？　手荷物が少なくなったのは婆さんにマジで感謝だな」

こうして迅速な『空の旅』ができるのも婆さんが渡してくれた『道具』のお陰だ。常日頃の恩もあり、普段の態度はともかくとして内心では頭が上がらない。今回も『道具』の他に大きな力になってくれたのだ。今度都で美味しい物でも見繕《みつくろ》って土産に帰ろう。

ともあれ、まずは都にたどり着くのが先決。力を貸してくれた婆さんに報いるためにも、また俺自身の『野望』の為にも気合いを入れなければ。

「――お？」

空を優雅に飛ぶ鳥が、自らの領域に人間がいる事実に目を点にしているのを微笑ましく眺めてから視線を前方に移すと巨大な城壁に囲まれた街を発見した。その中央部には『城』と思わしき巨大建造物もある。

どうやら目的地に到着したようだ。

流石に空からそのまま乗り込むと騒ぎになるので止めておこう。俺は地面に降り立とうと緩やかに落下を始めたのだった。

検問を越えて防壁の中に足を踏み入れれば、我が故郷と同じ人類の済む場所とは思えないほどに巨大で広大な町並みが広がっていた。

とりあえず目に付く人、人、人。今日は祭りですか？　と田舎者丸出しの質問を通行人Aに尋ねたが、笑いながら「いつもこんな感じだ」と答えてくれた。マジでか。コレで本当に祭りとかあったらどうなるんだろう。死人がでるんじゃないか？

新鮮な光景に自然と顔がキョロキョロと動いてしまう。やはり田舎もの丸出しだが、ここは下手に気構えるよりも田舎者具合を全面的に押し出した方が自然だと思うことにする。だって田舎者だもん。

――ドンッ！

「おっとっと。これは失――」

「てめぇどこに目を付けてんだ！　気をつけろ！」

前方への注意が疎かになり、前から歩いてきたガラの悪そうな男とぶつかってしまった。

彼は俺に厳しい視線を向けると怒鳴り声をあげ、そのまま足早に人混みの中に消えていった。謝罪の言葉を口にする暇もなかった。

「まったく――ホント、どこに目を付けているんだか」

ガラの悪そうな男の懐から引き抜いたお財布は、小銭が数枚入っているだけだった。ま、人様の財布を盗もうとした授業料としてありがたくいただいておこう。

ガラの悪い――スリの男は俺が囮《おとり》として懐に忍ばせて置いた空の財布を抜き取っただけ。本当に大事な物はしっかりと別の場所に保管してある。

田舎者である俺はスリにとっては格好の的であろうが、俺にとってはそういう奴こそが極上の獲物。地元では『スリ殺し《キラー》』の名をほしいままにする俺である。あんな程度の低いスリにくれてやる銭《ぜに》は一銭も無い。ちなみにこの手の小技は山奥に住まう婆さんから伝授された。

その後、同じ様な手口のスリとさらに五度ほど遭遇し、臨時収入がウッハウハになった。なお、空になった財布はその都度、囮用財布として有効活用させてもらった。

美味しいイベントをこなしていくと、やがて都での第一の目的地――『狩人組合《ハンター》』の建物にたどり着いた。

狩人は『魔物』を狩猟して日々の糧を得ている職種だ。通常の動物と違い、魔力をため込んで変異してしまった動物《それ》は凶暴性を内包した危険生物になってしまうが、それを討伐して得られる肉や骨、角などはとても有用な素材となる。武器や防具はもちろんのこと、日常品から美術品に至るまで様々な用途がある。もちろん、凶暴性を秘めた魔物は危険であり、狩猟には大きなリスクが付きまとう。だが、それを差し引いても一攫千金《いっかくせんきん》を狙う者が狩人の道を選ぶ。

狩人組合はそれら狩人に仕事を紹介したり素材の買い取りを行っている組織だ。その支部は国内に多数点在しており、もちろん我が愛すべき故郷にもある。素材買い取りは狩人に限らず一般からも受け付けており、弱い魔物を狩った子供が小遣いを得るために利用することもある。

俺がここを訪れた目的もお金である。小遣いと呼ぶにはかなり大金だが。

流石に都だけあってかなり大きな建物だ。だが中に入るとわかりやすいように案内板が設置されていたので、それに従って素材の買い取りカウンターを目指す。

受付窓口の前に並ぶ列で待つこと十分と少し。

「こんにちは。こちらは素材買い取りの受付です。こちらの用紙に売却する魔物の名称を記入してください。その後、査定場にご案内しますのでそちらの方に魔獣を提出してください」

受付職員さんの指示に従い、俺は売却するために『持って』来た魔物の名前を出された用紙に書いた。特に問題なく書き終えた俺はペンと用紙を返却する。

「ハイ、受けたま……わり……？」

にこやかに対応しようとした受付さんだったが、その調子が用紙に書いた魔物の名前を目にすると急に鈍った。

「……大変申し訳ないのですが、こちらの記入に間違いは無いのでしょうか？」

質問の意図は飲み込めないが、受付さんの言葉に頷いた。

「…………少々お待ちください」

受付は用紙を手に取ると、慌ただしい様子で奥へと引っ込んでしまった。

「……字が汚かったんだろうか」


結果から言えば、お金はがっつり稼げました。

ただどうしてか、獲物の査定をしてくれた職員（受付とは別の人）がしつこいくらいにこちらの身分や魔物を狩った場所を聞いてきたが、とりあえず自分は一般庶民であり、故郷の付近にある山奥で狩猟したと正直に答えた。その後、狩人への勧誘もされたが当面はその気が無いので辞退し、金を受け取り足早に狩人組合を出たのだった。

ともあれコレで必要な『金』は手に入れた。

次はいよいよジーニアス魔法学校だ。

第三話　お土産は決まりました――魔法学校の長に会います

噂には聞いていたが、ジーニアス魔法学校は凄まじい規模を誇っていた。敷地の広さ故に、都の中心からは離れた場所に位置しているそこは、一つの町が収まってしまいそうなほどだった。

門もやはり相応に大きく、敷地の外周を囲う防壁も立派だ。どちらも素材には魔法的な措置が施されていた。手間を考えると、門と防壁だけでどれだけの経費がかかってしまうのだろうか、と庶民的な感想を抱いた。

基本的に、魔法の才は血筋に宿ることが多い。詳しい説明は今は省くが、魔法の才能を持った者同士の間に産まれた子供は、優秀な魔法使いになる確率が非常に高いのだ。もちろん何事にも例外はある。優秀な魔法使いの子供が平凡な魔力しか持たなかったり、逆に凡才の両親から希有《けう》な才能を有した子供が産まれたりと。アルフィが後者の極端な例だな。

魔法使い達はその能力を後生に残すために優秀な才能の持ち主同士での婚姻《こんいん》を繰り返してきており、また国の方でもそのことを推奨している。魔法使いの力は国にとっては欠かせない強大な『力』だからだ。国は力の代名詞である魔法使いを貴族として認め、権力を与える事で彼らに国への忠誠を誓わせたのだ。

要約すれば、一般庶民と比べて、貴族に宿る魔法の才能は代々からの積み重ねによって高い潜在能力を秘めているのだ。才能と一言で表せても、その純度にはピンからキリまであるがな。

そして、姿格好からして旅装束を纏《まと》った村人以上でも以下でもない俺は、伝手もなく魔法学校に入ることはできない。よくて尾登《おのぼり》、悪くて不審者扱いで門番に拘束されかねない。

けれどもこんな言葉がある。

——伝手と権力は使いよう……である。

「すまないね。急な来客だったため、もてなしの用意ができていないのだよ。簡単なお茶と菓子で我慢してくれ」

「あ、この菓子おいしいっすね（もさもさ）。持って帰っていいですか（ぽりぽり）？」

「……ああ、問題ないよ」

俺の目の前で頬の筋肉をひきつらせているのは、このジーニアス魔法学校の長——つまりは校長——であり、国内でも間違いなく三指に入るであろう実力を持つ魔法使いだ。

見た目だけで言えば爽やか系のイケメン。魔法学校の校長だと言うだけあって、当初はデカい三角帽子をかぶったよぼよぼの爺《じじい》を想像していたのだが。ただ、彼が見た目通りの年齢でないことは、すぐさま分かった。なぜなら彼の両の耳は通常の人間に比べて横に長く伸びていたからだ。

エルフ——と呼ばれる人種だ。俺達人族と比べて倍近い寿命を持つ長命種族の代表格。一定の肉体年齢を超えると老化の速度が極端に遅くなり、寿命を超えるまで長く若い姿を保つことで知られている。しかも、その殆どが男女ともに容姿が優れており、イケメン美女の揃い踏みだ。だが、美しい容姿を保ち続ける特性から、大昔では奴隷としての需要が高く、高値の取引額を目当てに愛玩動物として乱獲されたという過去がある。現在ではどこの国も犯罪や借金を理由に落ちた奴隷以外の取引は禁じられている。

「……それで、君が門番に見せたという手紙を、私にも見せてもらえないか？」

「（もぐもぐ……ぐびッ）ああ。婆さんからはあんたに直接手渡すように言われてる。見せれば話が通るだろうからって」

口の中の菓子を茶で流し込んでから、俺は婆さんからもらった『手助けの品』の一つ――模様が入った封筒入りの手紙を取り出し、校長に手渡した。

裏には凝った模様の封蝋《ふうろう》がされている。なんでも婆さんが個人的に使用している模様らしく、手紙にこの封蝋がなされているとその手紙の差出人が婆さんであると証明してくれるらしい。

門の側には警備のための屯所が併設されており、門の前には屈強な番人が待ち構えていた。門前まで来たとき、ザ・庶民の格好をしている俺を見る門番の目はまさしく不審者を見るようなそれだった。だが手紙の裏に成されている封蝋を見せるとおもしろいように顔色を変えたのだ。そこから門番の一人が慌てて建物の中へと引っ込み、教員らしき人間を連れてくると、その人物も手紙の封蝋を見て愕然《がくぜん》とした。それから教師に用件を伝えると、ここ校長室に案内されたのである。

「うん、間違いなく『老師《せんせい》』の封蝋だ。まさか彼女のほうから便りがくるとは思っていなかったよ」

懐かしいモノを見る目で封蝋を眺める校長。彼は少しそのままで微笑み、封を切り中の手紙を取り出した。

校長はそのまましばらくは黙って手紙の内容に目を通していったが、徐々にその眉間《みけん》に皺が刻まれていく。怒っているというよりかは、悩ましすぎてどのように反応すればいいのか迷ってしまっている、といった具合だ。

……婆さん、あんた手紙になんて書いたんだよ。

極上の笑顔で「儂に任せておけ！」と宣言していたが、校長の反応を見ると不安になってきた。

つーか、長命族から『老師』って呼ばれているのか。確実に『百歳』を越えているのは知っているが、婆さんの実年齢を聞いたことがない。果たして何歳なのだろうか。

「……君は、この手紙の内容を知っているのかい？」

俺は首を横に振ると、校長はそれまで読んでいた手紙をこちらに差し出してきた。俺にも読めということか。そのまま手紙を受け取ると、俺もその紙面に目を通した。

『全略――』

全部略してどうするよ。

『――冗談じゃや。

久しぶりじゃなディアス。元気にしとったか？　まぁ、儂がちょびっとだけ目を掛けてやった程度の才能はあったし、まだまだくたばってはいないじゃろう。学校の校長になった程度で天狗になっていれば、お主が儂の元で鼻垂れていたころの恥ずかしい出来事を暴露してやるからせいぜい精進する事じゃ』

……最初から飛ばしてるな婆さん。

というか、国内トップの魔法使いを相手に『ちょびっと』ってすごい事言って《書いて》いるなおい。ディアスというのは校長の名前だ。恥ずかしい出来事は気になる。今度婆さんに教えてもらおう。

『さて、無駄話はさておこうか。

実はお主にちょっとしたお願いがあるのじゃ。まぁ、お主に拒否権はないがの。じゃが無理難題を押しつける気はない。

おそらく、お主の目の前にはこの手紙を預けた小僧がおるじゃろう。

実はその小僧、儂の弟子でな。まぁ、弟子と呼ぶにはあまり敬われてる気がせんが、少なくとも儂が直々に『もの』を教えている奴じゃ。

願いというのはあれじゃ。お主の学校にそいつを入れてやってくれ。

ああ、別に校長の権力を利用して強引に入学を手引きなどとは望んでおらん。小僧――リースというのだが、そやつも望んではおらんじゃろうて。

なのでお主に頼みたいのは二つじゃ。

まず、そやつに入学試験を受けさせてやってくれ。

そして、その試験の結果を、純粋に評価してやってくれ。

先に断っておくが、リースが扱える魔法は無属性の防御魔法のみじゃが、舐めてかかるとお主でも痛い目を見る程度には鍛えておるからの。試験官にもきつく言いつけておくことをお勧めする。

ではな。せいぜい長生きしろよ小僧。

追伸――『㊀＊〓％★〓×βДю◆〓』

最後の最後に付け加えられていた『追伸』の文は残念ながら読むことができなかった。

多分、今は廃れてしまった古代の文字だろう。校長宛なので彼には読むことはできるだろうが、俺はまだ婆さんからは習っていない。機会があれば教わるとしよう。

俺は手紙を畳むと校長に返した。

「……先に確認しておきたいことがいくつかある」

深く息を吐き出してから、校長が口を開いた。

「まず、君は老師の弟子ということで間違いないかな？」

「婆さんから色々と教わっているという点で見れば、弟子ですかね」

尊敬はしているが、あの『のじゃロリ』を師匠と呼ぶには少し躊躇《ためら》われた。師弟の関係にしては普段のつきあい方はかなり軽いしな。

「……あの老師の教えを授かった者は数少ない。かくいう私もそのうちの一人だ。だが、彼女が『弟子』と明確に言い表した人物は、私の知る限りでただの一人もいなかった。……君を除いてね」

婆さんも前に言っていたな。弟子は基本的にとらない主義だと。

「もしかすれば四属性などという希有な才能を持っているかと思えば、君は属性を持たない防御魔法の使い手だと言うじゃないか」

ごめんなさい。知り合いに四属性《それ》がいるけど、婆さんが「つまらん」って言い捨ててました。

校長の表情は険しい。最初に見せた悩ましい感情とはまた別の、強い感情を内包しているように見えた。

「……これは教育者としては失格なのだろうがね。私は今、君に対して紛れもない『嫉《しっ》妬《と》』を抱いているよ。あのお方から直々に弟子と呼ばれる存在になるには、一国の王になるよりも遙かに困難であろうからね」

「(ずずず……)茶が美味ぇ……」

ん？

「……ああ、そりゃぁ大変だな(ぼりぼりがつがつ)。あ、この菓子も美味い。後で売ってる店教えてくれ。婆さんの土産に買って帰るから」

「いや、君のことだからね？　店は教えてあげるけど……」

お茶と菓子に舌鼓《したつづみ》を打っていると、校長はがっくりと肩を落とした。正直、婆さんの弟子という立場に嫉妬されても困る。どうせなら可愛い彼女を作ったことでの嫉妬がほしい。

「とりあえず、事実の一端が見えた気がする。そのマイペースっぷりは間違いなく老師の弟子だ」

「……////(てれッ)」

「褒めてないからねッ!?」

俺と会話する人間はだいたい同じような反応を返すのはなぜだろう。

第四話　入学試験です——頑張ります

ジーニアス魔法学校の入学試験は二つだ。

魔法に関する知識と一般教養を試される筆記試験。

そして、実際に魔法を使う実技試験だ。

入学の合否はその両方の結果を合計した点数で判定される。筆記試験が致命的に悪くても実技試験で優秀な成績を取れれば問題ない。逆もまた然り。

だが筆記も実技もその難易度がかなり高めに設定されており、筆記は十二歳までの少年少女なら誰でも学ぶことができる自由教育課程だけの知識量ではまず合格できない。最低でも、十三歳以降の中等教育課程の内容を学ばなければ合格の芽はない。

また、入学試験を受けるためには一般家庭の生活費一ヶ月分相当の費用が掛かり、さらに合格した後には学費としてその十倍近くが求められる。

これら二点が、ジーニアス魔法学校の敷居を高めている一つの理由である。どちらも貴族としての潤沢な財力がなければ達成は難しい。

俺の場合、知識に関しては前述の通り婆さんから色々教わっているので問題ない。金銭の面でも既にノルマをクリアしている。狩人《ハンター》組合で引き取ってもらった魔獣の売値がなかなかのお値段になったのだ。三体を狩ったがもしかしたら二体でも十分に事足りたかもしれない。

運が良かったのか、試験は学校長と会ったその日に実施された。

筆記試験は特筆する事はないので省略しておくが、案内された教室で一人だけ解答用紙に黙々と答えを記述していくのは寂しかったとだけは言っておきたい。それに、俺は筆記試験をそれほど重視はしていなかった。俺の本命は実技試験。こっちで点数を稼いで合格を目指す予定だからだ。

——ただ、筆記を頑張らない、とは言っていない。

実技試験の内容は単純だ。ジーニアス魔法学校に勤める教師と実際に模擬戦を行い、その内容に点数がつけられる。

試験会場は学校の敷地内にある訓練場の一つだ。学校長に連れられて案内された俺はそこで待機。学校長は準備のためにこの場を離れている。

待ち時間の間に俺は『準備体操』をして時間を潰す。

しばらくすると、校長が試験会場に戻ってきた。

「お待たせ。もうそろそろ準備が整うからもう少し待っててくれ。……ところで君は何をやっているんだい？」

「何って……準備体操」

婆さんの教育で、体を激しく動かす前にはその準備として体を軽く動かすことが必須となっている。体中の筋肉をあらかじめ『慣らして』おくことによって、激しい動きに対応できる体を準備しておくのだ。実際にこれをするのとしないとでは体の『キレ』に大きな差が出てくる。加えて怪我の頻度も極端に下がる。極端に言い換えるなら、起き抜けの体と起きてからしばらく経ってからの体ではどちらが動きやすいかを考えてもらえれば良い。

婆さんからの教えを学校長に伝えると、彼は顎《あご》に手を当てた。

「……老師が手合わせの際に体を動かしていたのはそういった理由があるのか。初めて知ったよ。今度から我が校でも実技授業の一貫に取り入れようかな……」

しばらく独り言をつぶやいていた校長だが、俺の視線に気がつくと少し慌てたように咳払いをした。

「ん、んん。すまないね、職業柄、面白い事があるとついつい考え込んでしまう」

恥ずかしげに頬を掻いてから、校長は小さく表情を引き締めた。

「一応、贔屓《ひいき》を回避するために、君の対戦相手や採点を担当する教師には君が老師の弟子であるという事実は伏せているからね」

「身内贔屓で入学しようなんて気は元からないさ」

それでは意味がないのだ。

俺が選んだ道の過程に、贔屓が混じっては駄目なのだ。

人の手を借りることは恥ではない。

校長と会えたのも、彼から特別に入学試験を受ける便宜を引き出せたのも婆さんのお陰だ。彼女への感謝の気持ちに偽りはない。

だが、だからこそ、その先は自らの力で成し遂げなければならないのだ。

この身に刻み込んだ『防御魔法』によって。

「それで、俺の相手をしてくれる先生はどちら様？」

「そろそろくるはずだが……先に言っておく。申し訳ない」

いきなり謝られて俺は目をパチクリした。

「今の期間、学校全体が長期休暇中なのは知っているね？」

「そりゃぁ、まぁ」

アルフィをスカウトしにきた教師だって、現在の長期休暇期間を利用して町に来たのだ。確か来月の入学式まで続くはずだが。

「実は実技試験を担当してくれる教師の大半も、実家に帰省していたり旅行に行っていたりするのだよ」

「校長は？」

「これでも、王様の相談役でね。有事の際にはすぐに召集に駆けつけられるように学校に待機しているんだよ。もちろん、たまには息抜きがてらに遠出することはあるけどね」

実は校長って社畜《シャチク》か？　とか頭の片隅に浮かんだのは知られてはいけない。なお、『社畜』という言葉はアルフィの奴から教わった。鬼畜な労働環境でも従順に従ってしまう者の総称だとか。

「もしかして、試験担当をしてくれる教師が今居ないとか？」

「いや。模擬戦担当と採点担当を担当してくれる教師は、運良く両方とも一人ずつ学校に残っていたよ。ただ、模擬戦担当の方にちょっとだけ問題があってね……」

校長は気まずげに言葉を濁した。

「その……優秀な火属性魔法の使い手であるのは間違いないんだ。ただちょっと……、選民意識が強いというか、プライドが高いというか……」

「典型的な貴族主義者の代表格で、平民を見下す問題教師と」

「身も蓋《ふた》もない言い方だね」

学校長の口から否定は出てこない。図星か。

「確かに模擬戦担当の教師はその……アレだが、採点担当の方は平民も貴族も分け隔てなく評価してくれる人だ。信用できる人間だと私が保証するよ」

「評価してくれる人間がまともなら俺は何も言うこと無いさ」

学校長と会話をしていると、試験会場に二人の人間が現れた。男性と女性が一人ずつだ。あの二人が試験を担当してくれる教師だろうか。

女性の方はきつめな印象だ。仕事のできそうな美人さんなのだが、お近付きになるのは躊躇われる雰囲気。男性の方は逆に、服を着崩し少しだらしない印象だ。眠たげな目からはやる気が微塵《みじん》も感じられない。研究服らしい白衣を纏っていなければ、ただのくたびれたオッサンにしか見えない。

「ご苦労様です。ヒュリア先生。休暇中にわざわざ用を申しつけてすいませんね」

学校長の言葉に、女性教師は首を横に振った。

「いえ、とんでもありません。国内で三指に入る魔法使いである学校長直々のご命令とあれば、喜んで従いましょう」

「そう言ってもらえると助かります。ゼスト先生もありがとうございます」

「俺は職員室の机に忘れ物を取りに来ただけなんですがね。これって特別手当とか出ます？」

「ゼストッ！　学校長からのご命令を無下にするつもり⁉」

ヒュリアと呼ばれた教師は気怠げな男性教師をきつい目で睨《にら》みつけていた。ただ彼――ゼストは眠たげに垂れた眉《まゆ》をぴくりとも動かさずに学校長の言葉を待つ。

「もちろん出しましょう。ついでに、後で一杯奢《おご》りますよ」

「お？　マジですかい。だったら真面目にやりましょうか」

垂れていた眉が嬉しそうにつり上がった。酒につられてやる気を出す教師って大丈夫なのか？

え？　信頼できる教師ってどっち？　判断に困るんですが。

「んで、そいつが学校長が推薦する小僧ですかい」

「ええそうです。ああ、採点の方は既に受験が終わった子たちと同じ基準で行ってくださいね。この子も贔屓は望んでいませんので」

「そいつぁ言われんでも承知してますよ」

気怠げなゼストだったが、その目が僅かに細まった。途端、背筋がひやりと震えた。

どうやら、ここの教師を務めているだけあって、ただのくたびれたオッサンではないようだ。

「ではこれより実技試験を執り行います。リース君、ヒュリア先生、前へ」

学校長の言葉に、俺とヒュリアは試験会場の中央部に向けて足を踏み出した。しばらく歩き、互いに距離を置いて向き合った。

「私が止めに入るか、どちらかが戦闘不能になった時点で実技試験は終了となります。リース君。君が敗北した場合でもそれが直接不合格につながるわけではありません。ですが、力の限り、精一杯戦い抜いてください。ヒュリア先生。あなたは自らが教師であると事実を忘れずに模擬戦を行ってください」

俺とヒュリアは学校長に向けて頷いた。

双方の準備ができたのを確認すると、

「では、始めてください！」

試験開始の合図がなされ、動き出す前にヒュリアが口を開いた。

「まず、あなたの名前を聞いておきましょうか？」

「リース・ローヴィス」

「ローヴィス？　聞いたこと無い家名ね」

「そりゃぁ、俺は辺境にある町に住んでるローヴィスさん家《ち》の息子だからな」

平民、と聞いた途端、ヒュリアの表情にあからさまな侮蔑《ぶべつ》の色が浮かび上がった。

「平民如きが栄えあるジーニアスの敷居を跨《また》ぐなど、身の程知らずにも程があるわね。悪いことは言わないわ。己がいかに矮小《わいしょう》な存在かを思い知る前に、さっさと帰りなさい」

こっちが問題の貴族先生。だったらあのくたびれたオッサンが学校長の信頼できる教師か。第一印象で人間は分からないものだ。

……もしかして、貴族と平民に分け隔てなく接するのではなく、どちらも大して敬っていない可能性もなきにしもあらず。

「チッ、どうやら痛い目を見ないと分からないようね」

「俺、被虐趣味は無いんで。どちらかと言うと攻める側が好きです」

「誰もそんなことは聞いていない！」

沸点低いなぁ。場の空気を和ませようとした軽い冗談ではないか。

……被虐趣味が無いのは本当だからな、変に疑うなよ。

「まぁ良いわ。だったら嫌でも分からせてあげるわ。たかが平民など崇高な血脈の前には無力に等しいとね！」

最後の言葉と共にヒュリアは前に向けて手をかざした。次の瞬間に、彼女の手のひらを中心として、空中に幾何学模様の輝く図形——魔法陣が浮かび上がった。

魔法を発動するためにはいくつかの段階を経る必要がある。

第一段階・魔力を体内から抽出する。

第二段階・魔力を材料として魔法陣を描く。

第三段階。描かれた魔法陣にもう一度魔力を注入して発動。

この三段階目を経て、ようやく魔法は効果を発揮するのだ。

そもそも、魔法の語原は『魔を以って法を読み解く』という言葉から来ている。この世の様々な現象は『法則』を持っており、その法を魔法陣によって再現することで、自然現象を疑似的に発生させる術である。

「『炎弾《フレイムバレット》』!」

ヒュリアが解き放ったのは『炎弾』。火炎の弾を目標に向けて放つ火属性の中で最も基本的な魔法だ。ただやはり教師だけあり、並の魔法使いなら魔法陣を描く作業——これを『投影』とよぶ——の最初から最後まで三秒は掛かるだろうに、ヒュリアは投影から発動までの時間が一秒よりもさらに短かった。

妙に勝ち誇ったヒュリアの顔に軽くイラっとするが。

「『防壁《シールド》』」

俺は冷静に魔法を発動。ヒュリアと同じように手の平を中心に魔法陣を投影。直径一メートル程度の半透明な円が出現する。

炎弾が防壁に衝突する。僅かばかりの振動を感じるがその他には特に問題なく、炎弾は弾けて消滅した。

炎弾が特に苦もなく防がれた事に、ヒュリアの澄ました顔が小さく歪んだ。が、すぐにあまり綺麗でない笑みを取り戻す。

「なるほど。少しだけはやるようですね。ですが、防壁なんて魔法を使うのは、魔法を習いたての初心者に限られるわ。やはり、あなたにジーニアスへの入学資格は無いようですね」

ええから。次さっさと撃てや。

「……良いでしょう。次はもう少し力を込めてあげましょう。『炎矢《フレイムアロー》！』」

炎弾よりも複雑な魔法陣が投影され、放たれたのは炎の矢。炎弾よりも貫通力を高めた『炎矢』だ。並の魔法使いなら発動まで五秒近く掛かる投影を一秒で終わらせるヒュリア。

妙に勝ち誇ったヒュリアの顔にまたも軽くイラっとするが。

「『防壁』」

俺は慌てず冷静に魔法を発動。先ほどと同じ大きさの円が出現。

炎矢が防壁に衝突する。ちょっとした振動を感じるが特に問題はなく。炎槍は硬質な音を立てながら防壁に弾き飛ばされて消滅した。

炎矢が防がれたことに、先ほどよりも表情が歪むが、どうにか取り繕って笑みを浮かべた。

「……なかなかやるようですね。ですが、また防壁を使いましたね。常識的に考えて、連続で防壁を使うなど愚かしいとしか言いようがないわ。あなた、もしかして防壁以外の魔法を使えないの？」

そんなことはない。ただ使う必要性は今のところ皆無だからだ。

「……調子に乗るのも今の内よ。次は少しだけ本気を出してあげましょう。『炎槍《フレイムランス》』！」

炎弾よりも、炎矢よりもさらに複雑な魔法陣が投影された。放たれるのは炎矢の貫通力に加え、内包する熱量を上昇させた『炎槍』だ。戦闘中では味方の援護がなければまず発動できないほどの時間を消費する魔法を、僅か三秒で完成させる。

「『防壁』」

俺は慌てず騒がず冷静に魔法を発動。やはり先ほどと同じ大きさの円が出現。

炎槍は防壁に激突。それなりの振動を感じたが、防壁は健在だ。対して炎槍は轟音をたてながら弾き飛ばされて消滅した。

今度は傍目からみてもはっきり分かるほどにヒュリアの頬がひきつった。すぐには冷静を取り戻せない程に歪んでいる。

「嘘でしょう……。アレほどの短時間で私の炎槍に耐えうる防壁を発動するなんて。常識的に考えて、ありえないわよ……」

彼女は独り言のように呟《つぶや》くが、ぐっと耐えるように表情を引き締めた。

「……でも、炎槍に耐える程の防壁。もうあの下郎の体内に残っている魔力は空のはずよ」

己に言い聞かせるように言うと、ヒュリアはそれまで片手で投影した魔法陣を両手で描き始めた。

「いいでしょう。あなたをちょっと舐めすぎていたようね。光栄に思いなさい。私が本気を出して相手をしてあげるのだから！」

炎槍よりもさらに複雑であり、今度は時間をかけて投影される魔法陣。

「安心して。腕の一本や二本、吹き飛んでも学校長が治療してくれるから。――喰らいなさいッ、『剛炎砲《バーニングカノン》』！」

習得し、発動に達しただけでも一流の魔法使いと認められるほどの高難易度を誇る魔法、『剛炎砲』。貫通力こそ炎槍に劣るがその内包した熱量は遙かに上回り、直撃すれば鉄すら木っ端微塵に粉砕する。

――ってオい、これって模擬戦ってレベルの魔法じゃねぇ気がするんですが？　学校長とかおっさん教師とか止めないのか？

まぁ、防ぐけど。

「『防壁』」

剛炎砲が展開した防壁に衝突、凄まじい爆音とともにそこそこの衝撃が腕に伝わった。爆炎こそ届かなかったが、衝撃で粉塵が発生し俺の体を覆った。

この規模の魔法を使うとさすがに消費が大きいのか、ヒュリアは頬に汗を垂らしながら息を荒くし肩を上下させている。それでも、表情には勝利を確信した笑みが浮かんでいた。

彼女の中で、剛炎砲を防ぐほどの防壁など常識の埒外《らちがい》であるのだろう。だから、粉塵が晴れた後に俺が五体満足で健在なのを確認するといよいよ彼女は頭を抱えて絶叫した。

「あり得ない！　剛炎砲を初心者魔法で防ぐなんて話聞いたこと無いわよ！　いったいどうなってるのよ⁉」

どうにもこうなってるんですよ。

――さて、肩慣らしは終わりで良いか。

◆◆◆　学校長　◆◆◆

剛炎砲が防壁に防がれた光景を目にすると、気怠げだったゼストの口元が小さくつり上がった。実際には、炎槍を防いだ時点で彼のリースへの関心は強まっていたが、ここに来てさらなる驚きの光景だった。

「……中々に興味深いですね、あの坊主。前の二つは良いとして、後の二つを防壁で防ぐなんて話、俺ぁ聞いたこと無い」

「でしょうね。単純に必要な魔力の量が桁違いですからね。あまりにも非効率すぎます」

ゼストと共に事の推移を見守っていた学校長も、リースが平然と行って見せた妙技に少なからずの衝撃を受けていた。

（まさか……本当に防御魔法しか使えないのか？）

過去に（一方的にだが）師と仰いだ人物からの手紙を疑っていたわけではない。ただ、現実として目の当たりにすれば驚くしかなかった。

防御魔法は魔法使いの卵が魔力を操る第一歩としてたしなむ超初心者魔法。その理由は、他の様々な魔法に比べて魔法陣の投影が最も単純であるから。僅かな魔力制御さえ可能なら、五歳児にも可能なほどなのだ。

しかし……。

「防御魔法ってぇのは同じ難易度の魔法に比べて遙かに魔力の効率が悪い。ヒュリア《あいつ》の性根はヒネクレちゃいるが、火属性の使い手としちゃぁ破格だ。やつの本気を防壁で防ぐとしたらどれだけの魔力が必要になるんだか……」

ゼストの言葉通り、防御魔法は他の魔法に比べて圧倒的に燃費が悪いのだ。ヒュリアの例で言えば、炎弾の一発を防壁で防ぐのに、最低でも炎矢と同等の魔力が必要になってくる。これが剛炎砲を防ぐ防壁ともなると、仮に魔力を捻出できたとしてもヒュリアと同じかそれを越える疲労状態になっていなければおかしい。

なのに、リースはといえば些かも調子を崩した様子はない。

「単純に考えれば、あの小僧がヒュリアを遙かに越えた魔力を保有してるって事だが……」

顎に手を当てるゼストが、ちらりと学校長に視線を投げる。

「……私の目には、彼が並以上の魔力を内包している程度にしか見えません。とてもではないがヒュリア先生に届いているとは思えないよ」

正確な魔力量を量るには特殊な器具が必要になってくるが、学校長はその長年の経験と磨き上げてきた魔法のセンスによって、目にするだけでも保有する魔力の総量を把握できる。

　学校長の見立てを疑えるわけもなく、ゼストは愉快そうに目を細めた。

「ってこたぁあの小僧は何かしらのイカサマを使ってるって事ですかねぇ」

「こらこらゼスト先生。そこは『工夫』と言うべきでしょう」

「防壁と見せかけてその中身が別物じゃぁ、十分にまやかし《イカサマ》でしょうや」

　ゼストの言葉を全面的に肯定するつもりはないが、学校長としてもあの防壁が初心者魔法の『防壁』でないのは確信していた。

「俺としては剛炎砲を軽く防いだ時点で十分に合格点ですが、どうします？」

「……確かに合格と言っていいでしょうが、まだ彼は引き出しを多く持っているようです。教師として、魔導の探求者としてもう少し彼の手札を見ておきたい」

「そいつぁ同感ですね」

　だが、彼らはその言葉を僅かな後に撤回することになる。

　剛炎砲を防がれたヒュリスは混乱から立ち直り冷静さを取り戻すと、彼女は両手を使い、炎矢を投影した。一瞬の混乱に陥りはしたがやはりジーニアスの教師。大火力で防がれるのならばと、一発に時間の掛かる剛炎砲ではなく、短時間で投影可能な炎矢を選択。さらにその簡易さを利用し一つではなく瞬く間に二十を越える量の魔法陣が空中に投影される。

「……む、どうやらかなり頭に来ているようですね、彼女」

「こいつぁさすがにやりすぎでしょうや」

空中に投影された二十を越える魔法陣がその構造を変化させた。生み出されたのは炎の矢ではなく『槍』。低難易度の魔法陣を一度投影し、発動する前に書き換えて別の魔法として発動させる高等技術だ。彼女は同時展開した炎矢の魔法陣全てを炎槍に書き換えたのだ。魔力の消費という点で見れば、炎槍をそのまま同時に投影するよりも消費は圧倒的に低くなるのだが、魔法陣の途中書き換えには繊細な魔力操作が必要となり、たった一つの魔法陣に施すだけでも多大な集中力を要する。

「剛炎砲を防壁で防がれたことでよっぽどプライドが傷つけられたか。いきなり切り札を切りやがったぞあの馬鹿」

まだジーニアスの生徒にすらなっていない若者に向けるには明らかに過剰威力。アレを正面から打倒できる存在など、ジーニアスに所属する教師の中でも数える程度しか存在しない。

「前言撤回だ学校長。アレはさすがにガキにゃ荷が重すぎる。ヒュリアの奴、思っていた以上に沸点が低かったらしい」

腕の一本や二本がちぎれ飛ぶ程度なら、学校長の手によって治療ができる。だが、原形も留めずに消し飛べば治療の施しようがない。

ゼストの緊張感を孕んだ声を聞きながらも、だが学校長の目はリースへと注がれていた。

リースはヒュリアが同時に投影した魔法陣の群を目の当たりにしながらも、冷静を保ったまま――どころか、笑みさえ浮かべていた。まるで、千載一遇の好機を目の当たりにしたかのようだ。

――ズダンッッ！

次の瞬間――彼の姿が消えた。

少なくとも、ゼストとヒュリアはこのとき、間違いなくリースの姿を見失った。唯一、学校長だけがリースの軌跡を捉えることができていた。

故に。

「『大地隆起《アースウェル》』ッッ！」

『当事者』を除いて状況を把握していた学校長は、咄嗟に『大地隆起』を発動した。土属性の初級魔法で攻撃よりも防御に重点を置いた魔法だ。通常は他属性の初級程度までしか耐えられない強度だがそこはやはり学校長。ヒュリアの背後に発生した大地の壁は炎槍をギリギリ防ぎきる強度を有していた。

その壁は、生じてから一秒もたたずに粉砕された。

「きゃぁッッッ!?」

粉砕された大地の壁が礫《つぶて》となり、ヒュリアに降り注ぐ、たまらず集中力を阻害されたのか、展開されていた炎槍の魔法陣が全て消滅してしまう。

ヒュリアは突然生じた大地隆起とそれが直後に粉砕されたという連続の出来事に状況が飲み込めない。しかし、粉砕された壁の先から現れた『人間』の姿を目にすると、更なる驚愕に包まれた。

「～～～～ッッッ、のごぁぁぁぁぁッッッ!?　いってぇぇぇぇッッッッッ!!」

試験会場に響きわたる絶叫。

「ちょ、これ指折れてない？　折れてないッ!?　どこの誰だ人様の目の前に壁なんか仕掛けてくれちゃった素敵すぎる奴はッ!!　怒らないから素直に名乗り出ろやごらぁッ！　あ、ごめんやっぱり怒るから正直に出てこいやぁぁ!!」

そこらの不良《チンピラ》も真っ青になる剣幕で怒りを発するのはリースだった。彼は右手の痛みを堪えるようにしてうずくまり、目尻には涙が浮かんでいた。

「え？……え？」

ヒュリアはまたも混乱の極みに追いやられていた。

実技試験を開始した時点で、彼我《ヒュリアとリース》の距離はおよそ二十メートル近く。そして互いに試験が開始されてからその場所から一歩も動いていなかったはずだ。

だが、今。互いの距離は残り一メートルもない。まさしく、手を伸ばせば届く範囲。視界から消えたと思えば一秒にも満たない間にこの至近距離に、リースは姿を現したのだ。

「ふぅ……何とか間に合いました」

良い仕事をしたとばかりに額の汗を拭うような仕草をする学校長。その顔には『一仕事終えた者』の爽やかな笑みが浮かんでいる。未だにリースが痛みに悶えている中、この学校長も中々に面の皮が厚い。

「……っとと、リース君の治療をしなければなりませんね。ヒュリア先生にも怪我の有無が気になりますし」

学校長はそう言って女教師と受験生の元へ早足で向かった。

後に残されたゼストは、目の前で繰り広げられた光景を冷静に分析していた。

「小僧の使ってた防壁も、一瞬で二十メートルの距離を零にした方法も気になるっちゃぁ気になるが……。学校長の大地隆起を砕くかい。間違いなく魔法陣を投影したんだろうが……」

ゼストの記憶の中に、近距離で大きな威力を発揮する魔法は間違いなく存在していた。

だが、リースが大地隆起を粉砕した時の状況と記憶の中にあるそれらが、どれ一つとして噛《か》み合わない。

しばしの考察の後、この場で答えがでることを諦めたゼストは頭を掻いてから呟いた。

「ま、なんにせよだ。学校長が割り込まなかったら、ヒュリアの奴は確実に戦闘不能に追いやられてたのは間違いないいか」

炎槍すら防げる大地隆起を粉砕する一撃だ。もし仮に障害物《アースウェル》が無ければ、ヒュリアはその威力を無防備な体に受けていたことになる。魔法使いとしては優秀だが、それと身体の強さは別問題だ。

「とりあえず。リース・ローヴィス。実技試験は『満点』だな」

実技試験の規定として、模擬戦の相手となる教師を打倒した受験生は無条件に満点となるのである。

そしてリースは、将来に国への貢献を期待される有望なる新入生の中にあって、実技試験で唯一の満点合格者となるのであった。

第五話　入学式です――『奴』が現れました

◆◆◆　アルフィ　◆◆◆

少しばかりの月日が経過し、ジーニアス魔法学校はいよいよ入学式を迎えていた。国内から選ばれた将来を有望視された若者たちの新たなる門出だ。

（いよいよ学生パートに突入か）

真新しい学生服を纏ったアルフィは、感慨深く思った。

入学式が行われている講堂は学校の中で一番の大きさを持っており、人が普通に喋るだけでは隅々まで声が届かない。それでも式辞を述べている教職員の声がはっきりと聞こえるのは、壇上の演台に備え付けられている『器具』のおかげだ。風の属性を秘めた魔術具で、受け取った声を遠方にまで届かせる効果がある。

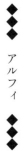

（見た目はそのまんま『マイク』だよな）

アルフィ《かれ》を除けばおそらく意味が通らないであろう言葉を思い浮かべつつ、入学式は進行していく。

今は新入生の各分野を担当する教師の説明だ。最初に壇上に上がったのは、アルフィをこの学校へと誘《いざな》った男性教師だった。

『水属性の担当になるウェリアスです。あまり荒事は得意ではないので、攻撃魔法に関してはあまりみなさんの力になれないかもしれませんが、どうぞよろしくお願いします』

少し気弱そうな自己紹介に、新入生の何人かがウェリアスをバカにするような視線を向けて、忍び笑いをしていた。現在の主流では、攻撃魔法をいかに上手に操れるかが魔法使いの大きなステータスとなっている。魔法使い同士での戦闘では、魔法の修得数とその威力が勝敗の大きな要因となっているからだ。中には、攻撃魔法を扱えない者は魔法使いですらない、と言って憚らない者さえいる始末だ。今笑った者は、おそらくその認識を強く持っているのだろう。

（ふんっ、馬鹿どもが……）

奇しくも笑った一人の近くにいたアルフィは、その者の狭窄さに呆れ果てていた。

ウェリアスは学校長から直々に人材発掘《スカウト》の役割を言い渡されるほどの人物だ。その教師の能力が並であるはずがない。

アルフィは特待生扱いであり、入学試験は免除されていた。ただし、現段階の知識、実力を把握するために筆記、実技ともに試験と同じ形式のものを受けている。結果として、成績は最上級の結果を得ることができていた。ただ惜しむらくは双方ともに満点には届かずだった。筆記ではそれまで習った事に関しては全て答えられたが、習っていない部分までは答えきれずに数問の間違い。実技では「荒事は苦手」と言ってのけたウェリアスを相手に及ばずじまい。四属性を操るアルフィは、水属性だけを操るウェリアスに破れたのだ。

ただし、ウェリアスに負けた結果を『悔しい』とは思っていても、それは彼個人に対する話であって『水属性だけ』という点や『攻撃魔法が苦手』という事柄に関してはそれほど憤りは感じていなかった。

何しろ四属性の魔法を操るアルフィは、無属性でさらに『防御魔法』のみを駆使して戦う同世代の少年に負け越しているのだから。

あの幼馴染みで腐れ縁の悪友は極めて特殊な件だとしても、属性や魔法の数がその人物の全てを評価しているわけではないと、アルフィは身に染みて理解していた。

教師の紹介はさらに続いていく。

『ゼストだ。一応は風属性の担当をやってる。俺もウェリアス先生と同じであんまり戦闘は好きじゃないんでな。どちらかっつーと理論を研究すんのが好きだから、興味のある奴は俺の研究室に来い。以上』

他の教師に比べてかなりだらしない印象の男性だ。

最後に女性の教師が壇上にあがった。

『……火属性を担当するヒュリアよ。以後よろしく』

それだけ言って、彼女はすぐさま壇上から降りてしまった。他の教師に比べて明らかに短すぎる自己紹介に、新入生たちはざわめいた。おそらくはかなりの美女であるはずなのだが、美しさよりも目元に深く刻まれた隈と生気を失っている肌の色のほうが際だっていた。

アルフィはその様子に何となく心当たりがあった。

（……あれは、プライドを真正面から叩き潰された者の顔だな）

実体験があるだけに、アルフィはヒュリアと言う女教師の心境を表情から察することができた。おそらく、彼女の『芯』となっていたであろう誇り《プライド》が微塵に粉砕されたのだろう。あの状態になると、培ってきた年月と熱意があればあるほど立ち直るのに時間が掛かる。

……嫌な予感を覚えた。

背筋がぶるりと震える。

教師の自己紹介が終わると、次に新入生の代表者が答辞を述べる段階に移る。名を呼ばれて壇上に上がったのは、翡翠色《ひすいいろ》の長い髪をした女子だ。

カディナ・アルファイア。

直前で生気のない様子だったヒュリアとは対照的に、浮かべている笑みには自信が満ちあふれていた。

彼女の名前は既に新入生たちの間では有名だった。何しろ、今期の入学試験を筆記、実技共にほとんど満点に近い点数で合格したのだから。実技はやはり教師相手に勝利するのは難しかったようだが、筆記に至っては掛け値無しの満点である。また、彼女の実家は国内でも有数の実力ある貴族。加えるならば、天は彼女に一つも二つも与えたのか、ずば抜けた美貌と容姿の持ち主でもあった。正直に言うと「本当に同じ歳か？」という程だ。特に一部分の自己主張が激しすぎるが、そこを指摘するのは紳士ではない。

（……当面の目標は、とりあえずあの女を追い抜くことだ）

筆記試験で満点を取っていれば、あの壇上に上っていたのは彼女ではなく己だったはずだ。アルフィは悔しい気持ちを胸の奥で噛みしめていた。

入学式はいよいよ最後の段階、学校長からの挨拶だ。

この国で三指に入る大魔法使いであり、長命種族の代表格であるエルフ族。地属性魔法の極みに至る人物。

ジーニアス魔法学校校長、『ディスト・ユーベルグ』。

種族の特長である長い耳に、齢百年を越えているとは思えない端整な顔立ち。女性はおろか男性すら魅了しそうな風貌の彼が、壇上の上でゆっくりと口を開いた。

『まずは新入生の諸君、我がジーニアス魔法学校へようこそ。我ら教師一同は君たちの入学を心から歓迎しよう』

心に響きわたるような声に、音を立てることすら無礼とばかりに講堂の中は静まりかえっていた。

『さて、長々とした話は私の好むところではないし、君たちも退屈してしまうだろう。なので、私が今日この席で君たちに贈りたい言葉は手短にしておこうか』

学校長は一度目を閉じ、そして言った。

『研鑽し、考え、周囲の全てから学びなさい。目の前の現実を受け止め、肯定しなさい。魔法とは可能性の塊です。あなたたちの未来と同じく、あきらめない限り魔法への道は無限に広がるのですから』

彼はそう言ってから、新入生たちの顔を見渡した。

誰もが彼の言葉に聞き入っていた。

ディストはその反応に満足したのか、笑みを浮かべながらうなずいた。

『……最後に。今年の入学試験で『最優秀成績』を納めた生徒に、ジーニアス魔法学校に入学するにあたっての抱負を語ってもらいましょう』

え？　という空気が講堂の中に漂った。入学試験の最優秀成績者はカディナであり、彼女はもう既に壇上に上がった後だ。彼女がもう一度何かを喋ってもらうのだろうか。アルフィを含む講堂にいるほとんどの者が一斉に彼女へ視線を向けたが、カディナは状況が飲み込めていないのか呆然としているようだ。

「では、お願いします」

そういって学校長が壇上から降りると、代わりに登場したのは——。

『えーっと、ご紹介に預かりましたリース・ローヴィスです。父は腕の良い酒職人で、母は専業主婦。妹が一人いる平民家庭の長男。座右の銘は『人生は楽しんだ者勝ち』です』

…………………………。

……………なっ⁉

「何でおまえがそこにいるんだぁぁぁぁぁぁっっ⁉」

最低でも長期休暇がある数ヶ月後に帰省するまでは顔を合わせないだろうと思っていた『宿敵《ゆうじん》』の登場に、公の場でありながらアルフィは壇上の者を指さしながら絶叫した。カディナに集まっていた視線が今度はそちらに集中するが、本人はそれどころではなかった。

「お、アルフィ。半月ぶりぐらいだな。元気してた？」

「お前のせいでもう色々と一杯一杯だよっ！」

アルフィは整列した生徒たちの間を強引に抜け出すと、壇上のリースに詰め寄りその胸ぐらを掴み上げた。

「おいこら、今度は何をヤラカした。え？　今度は何をしでかしたんだっ⁉」

「まぁまぁ待てや。人を問題事のカリスマみたいに言うなよ。……照れるじゃねぇか」

それは誰も褒めてねぇよ、と講堂内にいた人間の心が一つになった。

「落ち着けよアルフィ。今は入学式の最中だ。説明だったら後でいくらでもしてやるからちょっと手を離してくれよ。……実は結構苦しくなってきた」

「……本当にこのまま絞め殺してやろうかこの男」

言葉に殺気を含ませながらも、アルフィは渋々と掴んでいた胸元を解放した。リースは皺になった制服を手で叩いてならす。

ちなみにこの間、学校長は苦笑を、ウェリアスは驚きに目を見開き、ヒュリアはこの世の終わりとばかりに頭を抱え、ゼストにいたっては腹を抱えて大爆笑していた。

『……どこぞのイケメンが乱入してきたので失礼しました。爆発すればいいのに「いきなりだなおい！」だからちょっとだけ静かにしてくれってば……話がおわらないじゃんよ』

困ったちゃんを見るような視線を向けられ、イケメン《アルフィ》は肩を震わせながら、だが入学式が進まなくなるのを嫌って押し黙った。

『どこまで話したっけか……。聞くところによると、俺の入学試験の結果は筆記、実技ともに『満点』だったようです。いやぁ、実技はともかく筆記まで満点取れるとは思ってなかったわ～』

――ヒュリア先生っ、落ち着いてください！　誰かヒュリア先生を保健室にお連れしろ！　頭を抱えて絶叫してらっしゃる！

女性教師は周囲にいた同僚に連れられて講堂から退出していった。

その一部始終を目撃したアルフィは確信に至る。

こいつ《リース》の実技試験を担当したのは彼女だったのだろう。ご愁傷様、としか言いようがなかった。

直後、凄まじい殺気を感じ取った。悲鳴を上げそうになるのをどうにか堪えて気配の元に目を向ければ。

新入生の代表者様が凄まじい形相でこちらを――正確にはリースの方をにらみつけていた。直接ではなく、さらにはこの距離ですら明確に感じる程の殺気。近くにいる新入生は涙目でちびりそうな悲惨な状況に追い込まれていた。

それだけで人を殺せそうな視線を向けられながらも、リースは調子を全く崩さないで続

けた。この図太さを尊敬したいような遠慮したいような、少し迷うアルフィである。

「結果として、今日この席を預かることになったわけだが、どうせなので宣言させてもらおう」

へらへらした笑みから、大胆不敵なそれに表情を変貌させる。

彼は人差し指の一本を立てると、天を指し示すように頭上に掲げ、大きく言い放った。

『俺はこの学校で『最強』を目指す！　最終的な将来の目標は『防御魔法で天下取り』だ！　平民が生意気言ってるのが許せない輩は掛かってこいや！　まとめて返り討ちにするから！　では、以後よろしくぅぅっ!!』

アルフィは、数秒後に起こるであろう大騒ぎ《ブーイング》を予期し、深い深いため息を吐くのであった。

◆◆◆　アルフィ　終　◆◆◆

第六話　呼び出されました――告白ではないようです

入学式を終えた後、俺は講堂の裏側に呼び出された。

「告白か？」

「やかましい！」

打てば響くようなつっこみを返してくれるのは、我が親愛なる友人であり幼馴染みでもあるアルフィだ。呼び出されたと言うよりは、入学式で壇上から降りた後に、引きずり込まれるようにここに連れ込まれたのだ。

「すいません。今持ち合わせが無いんです勘弁してください」

「おう、そうか？　だったらちょっと飛び跳ねてみろ」

ピョン→ジャラランッ！

「どんだけ現金を持ち込んでるんだ凄い音したぞ！……誰がカツ上げだ！」

「なんだかんだでノってくれるお前は本当に良い奴だよな」

「やかましい!!」

二度目のお叱りを頂戴しました。

「それで、告白でもかつ上げでもなかったら何の用なんだ？」

人気のない所に呼び出したんだ。他人に聞かせるのはあまりよろしくない話なのだろう。

ところが、アルフィが口にしたのは予想外の言葉。

「……聞きたいことがありすぎて、逆に何を聞けばいいのか分からない。とりあえず、あの場から連れ出すことで頭が一杯になってた」

「…………お前さん、たまに愉快なボケをかましてくれるな」

「存在自体がボケみたいなお前に言われたくない！」

「さすがにそれは酷くねぇかな⁉」

「お前と付き合いのある奴はだいたいたい同じ認識だ！」

「マジでっ⁉」

驚愕の事実に俺はショックを受けた。

二人して興奮気味だったので、両者深呼吸して落ち着きを取り戻す。アルフィは頭痛を抑えるように眉間をぐりぐりと指で押しながら口を開いた。

「とりあえず、最初から順序立てて説明してくれ。状況を整理させてくれいや本当に」

「ローヴィス家の長男として産まれた俺は五歳の頃に――」

「最初に戻り過ぎだろうが！　この学校に入学するに至った経緯だよ！　いい加減にしないとぶん殴るぞ！」

「……おーけーおーけー。分かったからメラメラ燃えてるその拳は引っ込めてくれ。それで殴られたらさすがに痛いし熱い」

額に青筋を浮かべ、物理的に（正確には魔法でだが）燃え盛り始めたアルフィの拳にさすがに危機感を覚えた俺は、事の始まりを順序立てて説明していった。

……………………（説明中）。

「――という感じで、無事に合格した俺は現在に至る訳よ」

「……ちっ。相変わらず俺の一歩も二歩も先に行くな、お前は（本当に、どっちが『チート』なんだか）」

話を最後まで聞き終えたアルフィは舌打ちの後、悔しげに言った。最後に小声で何かを呟いたようだが聞き取れなかった。それを問う前にアルフィは溜息を吐くと、言葉を続ける。

「とりあえず経緯は分かった。それで、これからどうするつもりなんだ？」

「『どう』とは？」

「トボケるな。さっきの入学式で馬鹿みたいな宣言をした矢先だろうが」

「アレは一字一句、そのままの意味だぜ」

「……ああ、聞いた俺が馬鹿だったよ。ああそうさ。お前はそういう奴だよ。知ってたさ。普段は冗談を言ったり馬鹿な事をしても、大事な場面では『本気』しか口に出さないってな」

またも溜息を、今度は深く深く吐き出すとアルフィは真剣味を含んだ表情になった。

「お前は今日、確実に新入生の大半を敵に回したぞ。それだけじゃない、耳の早い上級生にも入学式での話は出回るはずだ。お前のことだし、それを狙っての事だってのは俺にも分かる」

さすがは幼馴染み、俺のことをよく理解してらっしゃる。

「……その笑顔が腹立つな。忘れてないか？　その『敵』の中には『俺』も含まれてるのを」

「俺がお前《アルフィ》を忘れるはずが無いだろ」

世界でも希に見る四属性を秘めた天才。それがアルフィだ。俺が防御魔法で天下を取るためには、決して避けることのできない存在だ。

「先に言っておくが、俺はお前と馴れ合うつもりはない。あのカディナ・アルファイアを越えたら、その後にはリース、お前だ。覚えておけよ」

友人からの宣戦布告に俺は笑って答えようとしたが、それよりも気になる点があった。

「あら、先に別人が来るのか？　ってか誰よそれ」

「……今年度新入生の代表だ。学校長の祝辞の前に壇上にあがっただろうが。彼女の話を聞いてなかったのか」

「俺ぁ自分の出番がくるまでぐっすり寝てたからな」

「………お前が最優秀成績者として壇上に上がった時、凄まじい殺気を発していた女子がいただろう。アレだ」

「ああっ！　あのおっぱいがデカい子か！」

「覚え方が酷すぎる。否定はしないけど、本人の前では言うなよ？」

「褒め言葉なのに？」

「心底不思議そうに聞き返すな！」

俺的には絶賛の言葉なのに、だいたい口にすると女性から漏れなくビンタが飛んでくるのが不思議だ。

「はぁ……。まだまだ言いたいことはあるが、今はこれぐらいでいいだろう。そろそろ行かないと次の時間に遅れる」

アルフィは俺に背を向けて歩き出した。この後、新入生たちはクラスごとに分かれ、担任の先生から説明を受けるのだ。

「お前も早く教室に行けよ。さすがに初っぱなから遅刻となれば教師から目を付けられるぞ。……まぁ、既にいろいろと注目されているとは思うけどな」

彼はそういって足早に講堂裏から立ち去っていった。

数分後……。

「実は同じクラスでした」

「先に言えよ！」

第七話　誰かが言った。『大丈夫だ、問題はないだろう』――担任の登場です

ジーニアス魔法学校における生徒のクラス分けは基本的にランダムだ。あるいは学校が何かしらの意図を持って振り分けているかもしれないが、少なくとも生徒側がその『意図』を図ることはできない。

ただ一つだけ、所属するだけで大きな意味を持つクラスがある。

それが『ノーブルクラス』。

入学試験にて極めて優秀な成績を納めた者のみを集めた、学内の精鋭クラスだ。飛び抜けた能力を持つ生徒を、他の多くの生徒と一緒くたにすれば足並みが揃わずに、教育する側にもされる側にとっても弊害が出てくるとのことでこのようなクラスが設けられたのだ。

お気づきの方もいらっしゃるだろうが、俺もアルフィもともにこのノーブルクラスに所属することとなった。つまり、平民である俺たち二人は『高貴《ノーブル》』なクラスにいるのである。

妙な話だ。

「……なぁ親友《ブラザー》、ちょっと聞いていいか?」

俺は教室に並ぶ机の席に座りながら、同じく隣の席に座るアルフィに声を掛けた。たかが席と侮る無かれ。作りこそ勉強机なのだが、所々に職人技が光って見える。机だけではなく、教室内の全てが『むしろ教室なのか?』と言いたくなるほどに凝った作りをしていた。しかも床はフカフカの絨毯《じゅうたん》が敷いてある。このクラスに向かう最中に他のクラスもいくつか見てきたが、ここまで豪勢な作りではなかった。

「お前と兄弟分になった記憶はないぞ。で、何だ?」

否定はしつつも聞き返してくれるこいつは本当に良い奴だ。

「俺はどうして超睨まれてるんだ?」

教室に入ってから空いている適当な席に座ってからアルフィに声を掛けるまでの間、俺は嫌悪とも憤怒ともとれる強い視線を教室内にいる他の生徒たちから注がれていた。

「本気でそれを言っているなら、お前は記憶力に致命的な欠陥があるな。今からでも遅くない。医者に診てもらえ。幸い、この学校の保険医は優秀らしい」

「残念、入学筆記試験で満点を取れる程度には記憶力に自信はある」

「満点」と口にした途端、俺が教室には行った瞬間から注がれていた多くの視線がさらに険しさを増した。とてもではないが「お友達になりましょう」という感じではない。むしろ「血祭りに上げてやろうか!?」といった具合か。

……「掛かってこいやこらぁぁ！」とでも返すのが礼儀だろうか？

「(やめろ本当に頼むから最初の授業が始まる前に問題起こさないでくれマジで！)」

おっと、思っていたことが顔にでていたのか、アルフィが小声でありながら必死な様子で止めにきたぞ。彼に言われたのならば惜しくはあるが今のところは自重するしかあるまい。

——ビリッ。

注がれる視線の中に、一際鋭さを秘めた視線があった。他の視線が弓から放たれた矢と例えるならば、こちらは攻城戦用の巨大弩《バリスタ》だ。視線の着地点が痺れそうだ。

なるべく顔を合わせずに、横目でちらりと視線《バリスタ》の元をたどる。発生源が誰かはすぐにわ

かった。入学式で俺が教壇で啖呵《たんか》を切ったとき、ものすごい形相で睨んできた美少女な巨乳ちゃんだ。というか、彼女を取り囲む一角だけ、巨乳ちゃんの尋常ではない『殺気』の余波に当てられて涙目になっている。こちらを睨んでいられるような精神的余裕は皆無だった。

しかし、視線が戦略兵器《バリスタ》級なら、胸部も戦略兵器級だな。他の女子を圧倒し、少し身を乗り出せば制服を窮屈そうに押し上げる二つの山が机に乗っかりそうだ。多分、今まで見てきた中ではトップかそれに近いだろう。バランスを考えれば随一かもしれない。

個人的には是非お近づきになりたいが、これだけ敵視されていてはそれも難しいだろう。どうやら彼女は、俺がいなければ入学成績の最優秀者になっていたと言うしな。プライドも高そうだし、仲良くなるのは簡単ではないだろうな。

（ま、アルフィと仲良くなれた実績もあるし、何とかなるでしょ）

楽観的な結論に至ったところで、教室の扉が開かれた。俺に集中していた敵意が一時的に消え、そちらに集中する。

入ってきたのは、くたびれた白衣を着る無精ひげを生やした男性。

俺の入学試験の時に採点を担当していたゼストという教師だな。彼は黒板前の教壇に上ると、教室内の生徒たちを眠たげな目で見渡してから口を開いた。

「とりあえず、全員が揃っているという前提で話を進めるからな。入学式で軽くは言ったが改めて自己紹介だ。俺の名前はゼスト。この度、非常に不本意ながら、このノーブルクラスを担当することになった。以後ヨロシク」

やる気の無さを全く隠さない態度に『こんな教師で大丈夫か？』という空気が流れた。

それを察したゼストは頭を掻きながら溜息を吐いた。

「本来であるならば、ノーブルクラスの担当はヒュリアのお嬢が担当する予定だったんだがな、ちょいと込み入った事情があって奴は別クラスを担当することになった。気になる奴は……まぁ、各自で調べろ」

言ってから、ゼストは視線を『俺』に投げかけてきた。

ヒュリアとは確か、実技試験で相手をした女性の名前だ。

……まさか、入学試験で『負けた』ことがショック過ぎたのか。だとしたらメンタル弱すぎるだろ。隣から「早々にこいつの犠牲者が……」とか聞こえたが、もちろん気のせいだ。

「不本意とは言ったが、任された以上は担任としての職務を全うするつもりだ。給料泥棒とは言われたくないんでね」

真面目か不真面目なのか微妙に判断に困るセリフだ。少なからず不満げな視線を向ける生徒がいるも、ゼストは意に介する様子もなく続けた。

「それじゃぁ、最初の授業だ。っても、堅苦しい入学式で教師《オレ》も生徒達《おまえら》も疲れてる。今日はほとんど連絡事項を伝えるだけで解散だ。明日には学内の施設を案内して終わって、本格的な授業が始まるのは明後日からだ。……つか、昨日は徹夜で研究してて眠いんだわ俺。さっさと家に帰って寝たい」

『こんな教師で本当に大丈夫か？』という微妙すぎる空気をマルっと無視し、ゼストは以降の連絡事項を黒板の板書を交えて説明を始めた。隠さない不真面目さとは裏腹に、非常に丁寧で聞きやすい内容だった。学校長直々に「信頼できる教師」と聞いていたが、もしかしたらなかなかに優秀なのかもしれない。明後日以降の授業は期待しよう。

第八話　授業開始です――〇〇レターをもらいました

特筆した出来事もないまま、入学式から二日が経過した。

強いて言えば、教室の机の中に『放課後に講堂裏へ一人で来い』という謎の手紙《ラブレター》が入っていたが、字面が明らかに男性のモノだったので無視をした。俺は野郎よりも女性からの告白を求めています。

と、言う訳なので――。

「熱烈な呼び出しは非常にありがたいんですが、俺の恋愛対象は女性なんです！　申し訳ないがこの手紙を書いてくれた人の想いに答えることは出来ません！　もし万が一、これを書いたのが女性だったら、後で教えてください！　まずはお友達から始めたいと思っています！」

――手紙を受けとった翌日、授業が本格的に始まる日の朝に、クラスメイト達の前で宣言しておいた。手紙は黒板の中心に張り付けて。

なお、この時にアルフィが頭痛を堪えるように額に手を当てているのと、まだ名も知らぬ同級生《男子》が机に突っ伏したまま肩を震わせているのが印象的だった。ただ、俺の言葉を受けて名乗りあげなかった以上、あの手紙の差出人は彼らではないのだろうな。

「……相変わらず、残酷すぎる奴だ」

席に戻ったとき、隣のアルフィの呟きに俺は「失敬な」と言葉を返した。俺ほど親切心にあふれる男はそういないぞ？

朝の一幕が終わると、見計らったかのようにゼストが教室に入ってきた。

「おはよう諸君。今日も今日とて俺は研究明けで非常に眠い。ったく、担任なんて面倒くさいのを任されなかったら、まだ寝られたってのに」

相変わらず、やる気の無さを隠さない教師である。

「さて、今日から本格的な授業が始まる訳なんだが——何だこの手紙は？」

黒板に張り付けたままの手紙を目に、ゼストが怪訝な顔を浮かべた。おっと、回収するのを忘れていた。

「どこかの誰かが俺に書いてくれたラブなレターです！　俺は男色の趣味はないので、先ほど注意代わりに宣言しておきました！」

俺はビシィィッと敬礼をしながらゼストに伝える。

「あぁ……ま、個々人の恋愛観に口を出すつもりはないが、程々にな」

こうして、本日の授業は開始したのである。


俺達が最初に受ける授業は基礎訓練だった。これは魔力の操作や投影の精密さ——とにかく魔法使いとしての根幹に関わる技術を伸ばす授業だ。

既に学園は俺達のある程度の基礎能力は把握しているが、それは入学試験を経た上での表面的な内容に限られており、その精密な能力は把握し切れていない。今日は、それら基礎能力を正確に計測する為の授業でもあった。今日はこれに丸一日を費やす予定だ。

俺達は教室から移動し、学校の敷地内にある『訓練場』の一つに移動した。魔法の実技授業は、殆どの場合が訓練場で行うことになっている。狭く密閉した空間で魔法など使えば、器物損害の上にけが人続出間違いなしだからだ。

「このクラス《ノーブルクラス》に入っている以上、ここにいる殆どの奴が知っているとは思うが、様式美って事で説明するぞ」

訓練場の片隅に集合した俺達に、やる気ゼロな態度の癖に仕事は細かく正確なゼストの説明が始まった。

「『魔力』ってぇのは大まかに分類すると二つに分けられる。魔法使いが体内に保有する『内素』と、空気中に漂っている『外素』だ。基本的に、魔法使いが『魔力』って言えば、これは『内素』を指している。魔法使いが魔法を投影する場合、基本的に使用するのがこの内素だからだ。言い換えれば、この内素の保有量がでかければでかいほど、そいつは大規模な魔法の投影が可能ってわけだ」

個々人が保有できる内素の総量は後天的な訓練で多少の増減は見込めるが、先天的な才能によるところが大きい。魔法使いが『才能の世界』と呼ばれる所以の一つだ。

「だが、だからといって外素が魔法使い《オレたち》に関係ないかと言えば、答えは全くの『否』だ」

一度発動し役目を終えた魔法は魔力――外素へと還元され、空気中に霧散する。魔法使いはこの外素を体内に取り込むことによって、内素を補給することが出来る。この外素吸引能力は『魔力回復量』と称されており、こちらも魔法使いにとってのパラメータだ。魔力総量に比べてこちらの魔力回復量は訓練で伸ばしやすいのが特徴だ。

「まず始めに、こいつで魔力の総量を計測してもらう」

ゼストの側にはテーブルと、その上に布のクッションに乗せられた水晶玉が置かれていた。魔力を測定するための魔法具だ。

ロリ婆様の家にもあったな――漬け物石代わりに。

「この水晶の上に手を置けば、その人間が内包する魔力に反応して中に光が発生する。魔力の特性や量によって色や光の強さが変化するので、大まかな魔力の測定が可能ってわけだ。――さて、前置きはこれぐらいにして、早速始めようか。この後も何かとやることがあるからな」

測定の順番は自ら名乗り出るか、それがなければ教師の指名した者から、という段取りになった。

――生徒Aの場合。

青色にピカッ。

「水属性でそれなりの魔力量だな」

――生徒Bの場合。

茶色にビカァァ！。

「地属性で魔力量はかなりあるな」

――巨乳《カディナ》ちゃんの場合。

緑色にビガァァァァァアッッッ！

「おお、さすがはアルファイア家のお嬢様だ。風属性で魔力量は相当なもんだ。こりゃ将来が楽しみだな」

――アルフィの場合。

訓練場に新しい『太陽』が発生した――という感じの光。しかもカラフル。

「……言葉もないってのはこの事だな。このレベルの魔力を見るのは、俺の人生の中で二人目だ。四属性持ちなんぞ生まれて初めてだぞおい」

――で、俺。

……………………………ピヨッ。

「「「……………………」」」

これが本当の『言葉もない』という状態である。

クラスの全員が俺の持つ魔力の保有量に唖然としていた。無論、真逆の意味で。

それはそうだろう。俺が元来持つ内素の保有量は、魔法使いとしては最底辺に位置するほどに少ないのだから。

第九話　拍手よーい——発酵女子が混ざってるようです

消えかけの蝋燭にも近い水晶の発光に、訓練場はしばしの沈黙の後に騒然となった。その中で『事情』を知るアルフィだけはやれやれ、肩をすくめて首を左右に振る。

「おいおい、冗談《マジ》かよ。仮にもヒュリアのお嬢に勝ってんだぞ？　十人並みの魔力があるならまだともかく、それよりも遙かに下回る魔力量なんておかしいだろ」

信じられない、とゼストは誰に聞かせるでもなく言葉を漏らすが、奇しくも俺はその小声を聞き取っていた。

と、騒然となる生徒達の中から、一際大きな『笑い声』が聞こえてきた。水晶玉で茶色に『ピカァァッ！』と輝いた生徒Bだ。残念なことに、名前はまだ覚えていなかった。彼は他の生徒達の間から足を踏み出し、こちらに歩み寄ってくる。

「やっぱりな！　俺はおろか、あのカディナさえ入学試験では満点が取れなかったのに、たかが平民でしかも『無能属性』が主席合格なんてどうにもおかしいと思ってたんだ！」

無能属性――無属性魔法の蔑称だ。魔力の消費量や難易度に比べて使い勝手が悪すぎる無属性魔法は、戦闘では役立たずとされている。それ故の蔑称だ。

生徒Bの声を皮切りに、生徒達から俺に対する不信感や蔑視が浮かび上がってきた。入学式での啖呵で、元から良い感情を抱かれていなかったと、さすがに俺も察していた。だが、学校が認めた『主席合格者』と言う肩書きがある手前、堂々といえる空気ではなかった。それが、この瞬間に表面に浮き上がってきたのだ。

――さて、俺がどうしてこの状況を冷静に把握していたのか。

簡単な話だ。

こういった空気をぶち壊すために、俺はジーニアス魔法学校に入学したのだから。

「おい平民、今からでも遅くはない。さっさと荷物を纏めて自主退学を――」

ビカァァァァァァッツッ！

生徒Aの言葉を強制的に遮《さえぎ》るように、水晶玉から強烈な銀色の輝きがあふれ出した。アルフィの発した虹色の光までは届かずとも、今まで計った中では随一に近い光量だ。

「――なっ、なっ、なななっ……⁉」

俺に詰め寄ろうとしていた生徒Bは意味不明な言葉を発し、足を止める。やがて銀色の光は失われ、水晶玉の中はまたもや消滅寸前の蝋燭のような小さな光に戻っていた。

なおも、俺の手は水晶玉の上に置かれたまま。

俺の手がそのままである事実に気が付いたゼストが、驚きに目を見開いた。

「魔力の総量が変わるだと？　そんなバカなっ⁉」

婆さんの家にあった物と同質の代物であるのならば、この水晶は手に触れた者が内包する魔力を、仮に魔力量を『偽装』する魔法を使用したとしても『正確』に把握する事が出来る。強さの基準が光の強さなので『正確』というのも語弊があるが、意図的に光の量を調整することはまず無理なのだ。あるいは内素を大量に消費したあと、本来の光よりも小さな輝きを発するように調整することは可能だ。だが、目に見えるレベルでその逆を行うことは『本来』なら不可能に近い。

俺が知る限り『これ』を出来るのは、俺を除けばあの森の大賢者《バアさん》の他にはいない。おそらく婆さんも、程度の違いはあるが俺がしたように水晶玉の光量をある程度操作できるはず。もっとも、あの婆さんは元々の内素量がハンパではないので、俺ほど劇的な変化は付けられないだろうが……。

ビッビッビッ！

ビッビッビッ！

ビッビッビッビッビッビッビッビ！

「三三七拍子かっ⁉」

おっと、水晶玉の明滅で遊んでいたらアルフィからお叱り《ツッコミ》が入った。チャンスがあれば寸分違わずツッコミを入れてくれる君がいてくれると本当に助かる。

「ふ……ふざけてんじゃねぇぞこのインチキ野郎！」

突然上がった怒声に振り向けば、存在を忘れていた生徒Bが俺の胸ぐらへと手を伸ばす瞬間だった。

ヒョイっと避けておいた。

「なっ⁉　よ、避けるな平民がっ」

「俺、男の人に胸倉を掴まれて喜ぶ趣味はないんだ！」

「は、はぁっ⁉」

「あ、もしかして君は逆に男の胸倉を掴んで喜ぶ趣味の持ち主か。ゴメン、君の思いには応えられないよ。だって俺は女の子が好きだから！」

「ちょ、おま――」

「たとえ君が男の胸倉掴んでハァハァする特殊な性癖の持ち主でも、俺は君を差別しないよ！　お友達になりたいとは欠片も思わないけど！」

「この、黙――」

「それにしても、貴族というのは業が深い身分だなぁ。あ、もしかして他の貴族のみなさんも彼と同じように男性の胸倉にハァハァする性癖の持ち主？　あるいは捕まれて燃え上がっちゃうタイプ？」

疑問を混ぜてクラスメイト達の方へと振り向くと、場にいた男子生徒の全てが慌てたように首を横に振った。

――女子生徒の若干名が残念そうに肩を落としたのは見なかったことにしよう。

「残念、君と性癖《こころ》を通わせられる生徒は一人も居ないってさ。けどまぁ頑張れ。性癖はあわなくても友達くらいは出来るから」

慰めの意味も込めて俺は生徒Bの肩を叩いた。逆の手で親指を立て、さわやかスマイルも忘れずに。

「――――ツッツッ！！！」

生徒Bは顔を真っ赤にしもはや黒に変色する程の様子で、言葉にならない叫び声を上げながら俺に殴りかかってきた。不思議だ。こちらは親切心で言ったのに。

ヒョイッと避けておいた。

その後も、彼の抗議《グーパンチ》はゼストが止めに入るまで続いたのである。

もちろん全部ヒョイヒョイ避けました。

第十話　全力出してみました――最大出力です

次に連れてこられたのは、弓術の射的場のような場所だった。ただ、射的場にしては矢を射る場所から的までの距離がかなり近い。実際の所、ここは射的場ではなかった。

「次は魔法の威力測定だ。現時点でお前らが使える攻撃系魔法の最大値を計る。あくまで現時点だから、それほど気合いを入れなくてもいいぞ」

実際に魔法を使えることとなり、生徒たちが沸き立った。ノーブルクラスに在籍している以上、己の魔法には多少なりとも自信があるのだろう。

「ただし、どれだけしょっぱい威力であろうとも全力でやってもらう。教師の目を欺けると思うなよ。手加減したら容赦なく減点するからな」

注意の後に、ゼストは改めて測定の実施内容を語る。

「まぁ、小難しい話じゃないさ。とにかく、指定の位置から奥にある的に向けて全力で魔法を叩き込め。そうさな……おい、アルファァイア」

「は、はい！」

突然名を呼ばれた巨乳《カディナ》ちゃんが慌てた様子で手を挙げた。勢いのある返事に眠たそうな目のまま頷くと、ゼストは的を指さした。

「一番槍はおまえさんだ。とりあえず、お手本代わりに一発頼むわ」

「分かりました！」

景気のよい声を発してから巨乳ちゃんは生徒たちの中から前に踏み出した。……と、どうしてか。歩く途中で彼女はこちら側を向くと鋭い視線を送ってきた。それから鼻を鳴らして視線を知らし、指定の位置に進む。

ふむ……。

「おい、睨まれてたぞアル──」

俺は隣にいる親友《アルフィ》の肩を叩こうとするも、奴は一歩体を横にずらした。俺の手が目標を失い空を切る。

「お前だからな、彼女に睨まれたのは」

マジか。

俺たちの会話をよそに、巨乳ちゃんが魔法の投影を開始した。両手を正面にかざし、幾何学模様の魔法陣が展開する。

やがて、一分近くの投影時間を終えて、巨乳ちゃんが叫んだ。

「『風穿衝《ストライク・バースト》』!!」

放たれたのは風属性の上級魔法。火属性だとヒュリアが使用していた『剛炎砲《バーニングカノン》』と同等の難易度を誇り、風魔法の中では屈指の威力を誇っている。『風穿衝』は螺旋状の突風を巻き起こしながら突き進み、的に直撃した。

盛大な破裂音の直後に、離れた位置にいる俺たちにまで暴風が届く。それだけに、あの魔法に込められた風量が推し量れた。

「おおぉぉ、威力だけを見れば教師並《クラス》みだな。強いて言うなら投影時間をもっと短縮できれば実戦でも使えそうだが……今後の課題か。現時点じゃぁ破格すぎる技量だわな」

ゼストは褒め言葉を述べていたが、巨乳ちゃんは不満げな表情を浮かべていた。その視線の先には風穿衝の直撃を受けながらも未だに健在な『的』が残っていたからだ。あれだけの風量を内包した魔法が衝突したのに、的はほとんど無傷であった。

「あの的はちょいと特別製だ。この学校の教師でも破壊できる奴はほんの一握りだ。そう気を落とすなよアルファイア。…………むしろ、そう簡単に破壊されたら困るけどな」

なにやら最後の部分が聞き取れなかった。

「さて、まぁそんなわけで各自全力で取り組んで欲しいわけだが……さて、次は誰に――」

「いいでしょうか、ゼスト先生」

ゼストが次の番を選ぼうと視線を巡らせる中、的当てを終えた直後の巨乳ちゃんが挙手をした。

「ん？　どうしたアルファイア」

「折角ですので、ここは主席合格者である『彼』の腕前を披露してもらってはいかがでしょうか。みなさんも興味があるでしょうしね」

巨乳ちゃんの言葉に、ゼストを含むこの場にいる全員の視線が俺に集中した。

…………………………。

「え、俺？」

「主席合格者などお前以外にいないだろうが……」

そういやそうだったね。すっかり忘れていたよ。

「そうさな……そいつぁ俺も興味がある」

提案を受けたゼストは少し考える素振りを見せてから、首を縦に振った。

「よしローヴィス。やってみろ。さっきも言ったが、手加減はするなよ。全力でやれ」

教師様からのご指名とあらば従うしかないな。

俺は開始の位置の方を向くが、足を踏み出す前にアルフィが俺だけに聞こえる小声で語りかけてきた。

「リース、どうせなら本気でやってしまえ」

「珍しいな、お前が率先してそんなこと言うのは」

「俺のライバルが舐められているのはどうにも気にくわない。ここにいる全員の度肝を抜いてやれ」

「了解だ」

主席合格者だが俺は平民だ。貴族としても魔法使いとしても高いプライドを持つ他のクラスメイトたちに快く思われていないのは承知していた。別に気にしてはいなかったが、アルフィに言われては仕方がない。

手を抜くつもりはなかったが、少しばかり本気を出すとしよう。

俺が前にでると、巨乳ちゃんとすれ違う。

「ねぇあなた……ローヴィスとか言ったわね」

すれ違い様にかけられた声に俺は足を止めた。巨乳ちゃんは腕を組み、こちらを睨みつけてきた。

……どうでもいいかもしれないが、その体勢だとただでさえ大きな乳がさらに強調されてちょっと思春期男子には目の毒ですよ？　眼福です。

「どんな卑怯な手段で実技試験を通過したかは知らないわ。けれども、このノーブルクラスでトップを飾るのはこの私、カディナ・アルファイアよ。平民風情が調子に乗らないで」

一方的にこちらを敵視する巨乳ちゃんは、言うだけ言うと集団の中に戻っていった。

巨乳ちゃんと入れ替わり、俺は所定の位置に立つ。

背中にクラス全員の視線が集まるのが分かった。まるで見定めるような鋭い眼差しをひしひしと感じる。ちらりとゼストを横目で見ると、彼も薄く開けた目に鋭い光を宿していた。

主席合格者の実力のほどに皆が興味津々、といったところか。

——では、ご期待に応えて派手にいきますか！

俺は両手に魔力を宿し、あえて言葉を発した。

「『反射《リフレクション》』、起動《セット》！」

◆◆◆　ゼスト　◆◆◆

——ゼストは、リースが投影した魔法に眉をひそめた。

反射——その名が現すとおり、受け止めた現象をそのまま反射する力場を生成する防御魔法の一種。更に、受け止めた衝撃を元の倍から数倍にして跳ね返す特性を持っている。防壁《シールド》のそのまま上位互換した魔法でもある。

これだけを聞くとすさまじく強力な魔法にも聞こえるが、やはり大きな欠点を有している。

防御魔法に共通して言えることだが、この反射もとにかく魔力の消費が凄まじい。同じ強度の防壁を展開するよりも更に激しい魔力消費量を誇るのだ。

魔法の威力を測定するのに反射を発動したことに疑問を覚えるが、ゼストの関心は他にもあった。

（……何で両手にそれぞれ反射を？　そもそも、どうやって反射の魔力を補ってるんだ？）

ゼストの疑問を余所に、リースは膝を曲げて腰の位置を落とすと、己の右側に両手を構えた。まるで両手で『何か』を包み込むような形を作り、そのままの格好で動きを止めた。

するとどうだろう。リースの包み込む形の両手、その丁度中心部に銀色の輝きが集まりだした。

ゼストは驚愕した。

（――ッ!?　あれは……『魔光』ッ!?……しまった、俺としたことが。さっきの魔力測定の意味不明な魔力の増減に気を取られて、肝心なことを失念していた!?）

その『銀色』の本質を悟ったゼスト。だが、そんな彼も――この場にいる誰もリースが行っている『魔法』がなんなのかを理解できていなかった。

――否、一人だけすべてを知る人間がいた。

生まれてからほぼ同じ時間を過ごしてきた、リースの親友にして最大のライバル――アルフィだけは、知っていた。

銀色の輝きを目に、彼は無意識に笑みを浮かべる。

カディナが要した一分と同じ時間が経過する頃。既に銀色の光はリースの両手に収まらず、誰の目にも分かるほどの強烈な輝きを放っていた。

そして――。

「超久々に最大出力だ！　行くぜぇぇぇぇぇぇぇ!!」

溢れんばかりの銀の輝きを発する『それ』を。

「やっちまえ」

アルフィが、呟いた次の瞬間。

リースは『それ』を解放した。

「『フルプレッシャアアアアアッ、カノォォォォオンッッ』！！！！」

彼の突き出された両手から、銀色の閃光が放たれる。

それは、まさしく『竜の息吹《ドラゴン・ブレス》』とも呼べる奔流。銀色の輝きは『的』を飲み込み、さらにその先にある壁を破壊しそれでもなお勢いが衰えることはなかった。

輝きが消滅すると、後に残されたのは無残な破壊の跡だった。直線状に抉れた地面は何処までも続いており、先が見えなかった。無論、閃光の直撃を受けた的は跡形もなく消滅していた。

その威力に誰もが言葉を失う中、リースだけが呟いた。

「あー、さすがにこれはやりすぎだったか？」

その問いに答えられる者は誰一人としていなかった。

◆◆◆　ゼスト　終　◆◆◆

ちょっとやりすぎ感が否めなかったが魔法の威力測定が終了してから数日が経過した。

――あの後、俺が『的』を跡形もなく消滅させてしまった為に、巨乳ちゃんと俺をのぞく全員が魔法の威力測定をすることができなくなってしまった。

どうやら、あの『的』は特注品らしく、殆どの魔法や衝撃をも吸収し周りへの被害を最小限に食い止める為のモノだったらしい。『的』だけでなく、その周りにも程度は違えど似たような措置が施されていたようだが、それらをすべて俺の『フルプレッシャー・カノン』が破壊してしまったのだ。

……さすがに本気を出しすぎたかもしれない。

——ちなみに授業が中断した後、ゼストに呼び出されて『フルプレッシャー・カノン』の使用を禁止された。危険すぎるとのことだ。俺だって人間相手に使うような馬鹿ではないし、そもそも使う機会がない。

あの技は俺の出せる魔法の中でも最上級の威力を持つのだが、扱う為には色々と制約が多い。

まず、動き回りながらでは使えない上に、見た目に反して多大な集中力を要する。制御にしばらく掛かり切りになり他の魔法を使用する事ができなくなる。最大出力ともなれば『溜め』に一分は必要だ。実戦ではまず使い物にならず、はっきり言って『一発芸ネタ』に近い。ただただ威力だけを追求した『浪漫火力』なのだ。

はっちゃけた幕開けではあったが、魔法学校での生活が本格的に開始されたのである。

◆◆◆　学校長　◆◆◆

――リースが魔法学校での生活を開始した頃、学校長は一人でとある森の深淵を訪れていた。

「……こうして老師とお茶を飲むのは何年ぶりでしょうかね」

「さぁの。少なくとも十年や二十年では足りないじゃろうて」

大樹の中身をくり抜いて作られた家で、学校長は中に設置されたテーブル越しに見目麗しい少女と対面に座っていた。一見すれば親と子ほどに離れている組み合わせであったが、実は真逆であるのを見破ることができる者は滅多にいないだろう。

「で、リースの調子はどうじゃ。奴のことだから、色々と派手にやっとるんじゃろ？」

「ええまぁ……最初から色々と……」

入学式の大々的な宣誓《ちょうはつ》から始まり、魔力の測定では謎の魔力増減現象。魔法の威力の測定では特注品であった『的』を含む測定場の半壊。

――確かに、色々と派手にやっている。

「老師は既にご存じで？」

「いんや。リースは儂の元にいる頃から既に色々と派手にやらかしておったからな。学校などという枠組みに入ったところで、リースが《あれ》おとなしくしてるとは思わんよ」

少女は「ほっほっほ」と朗らかに笑った。まるで孫の成長を楽しむ老婆そのもの。その仕草には違和感が全くなかった。

「ところで、お主が儂の元に足を運んだのは何故じゃ？　まさか、旧交を深めたいというわけでもあるまいに」

「……もちろん、あなたの直弟子であるリース君に関してですよ」

「なんじゃ、女の乳にまた執心しすぎて問題を起こしたのか？」

「い、いえ、全くの別件ですが……」

「そうかえ。奴もそろそろ、女子《おなご》の一人や二人でも連れてきてくれると、この婆は嬉しいんじゃがなぁ……」

しみじみと呟き、茶を啜『すす』る少女。とても聖職者——しかも一組織のトップ——を前でしてよい発言ではなかった。だが、学園長の顔も少しひきつらせるだけで言及することはなかった。

その代わりに、彼は本題を切り出した。

「今日老師の元を訪れたのは、リース君の扱っている『魔法』に関してです」

「ま、当たり前じゃろうな」

「話が早くて助かります。では、改めて老師に――」

「断る」

快刀乱麻の一刀《ことば》とは、正しくこの事だろう。

…………………………。

「…………………………は？」

端的かつ明快な返答に、学校長は一瞬思考が停止した。辛うじて首を傾げるだけが精一杯だった。

「魔法使いならリースの『魔法』に興味を示すのは理解できる。儂とて、仮にリースと知り合わず、かつ奴の思考に触れていなければ同じ気持ちであっただろうからな」

「で、でしたら……」

「お主は、魔法学校の長である前に、『魔法使い』であろう」

僅かに細められた視線に射抜かれ、学校長は二の句を継げなかった。言葉は短くも端的であった。

学校長は己の浅はかさを恥じた。少女の言葉通り、己は教師であり魔法使いなのだ。知の探求に近道はなく、己の力で答えを見つけなければそれは真に自らの血肉になり得ない。

少女の言葉に、学園長は初心に返る思いであった。

「安易に老師を頼ろうとした私が早計でした。申し訳ありません」

「よいよい。気持ちはわからんでもないからの」

頭を下げる学校長に、少女は笑いながら答えた。

「彼の魔法については私自身で考察を重ねていきます。では、代わりにこれだけは答えていただけないでしょうか」

少女の顔をまっすぐ見据え、学校長は口を開いた。

「過去に『大賢者』とまで詠われた老師が、どうして『防御魔法』しか扱えないリース君を弟子として迎え入れたのですか？」

「なんじゃ、そんなことか」

学校長の真剣な眼差しから、どれだけ重大なことを聞かれるのかと思えば、少女にとっては拍子抜けな問いであった。

「笑わないでください！　二属性——あるいは三属性をも有していた希代の天才たちを全く歯牙に掛けなかったあなたが、言い方は悪いですが防御魔法——無属性の少年の弟子入りを認めたのです。これが私にどれほどの衝撃を与えたか分かりますか⁉」

「分かるわけないじゃろ。儂は『大賢者』ではあったがお主の母親《オカン》になったつもりはないぞ」

大賢者と呼ばれた少女は相変わらずマイペースに答えた。あまりに動じない彼女に、学校長は己が興奮していたことを自覚し、深呼吸して表面上の落ち着きを取り戻す。

「儂にとっては二属性だろうが三属性だろうが、果ては四属性だろうがどうでもいいんじゃよ」

少女は茶を啜ってからつぶやいた。

「強いて言えば、育て甲斐のある者かの」

過去にこの少女――大賢者の教えを授かった数少ない者たちは、その誰もが魔法使いとしての道を極めんとする者ばかりであった。結局は少女に届かずとも、世間に名を馳せるほどの大魔法使いとなっていた。学校長もその一人である。

「……では、あの手紙に書かれていた最後の文は、冗談ではなかったと？」

「儂がいつ冗談を？」

学校長はそっと、リースから渡された大賢者の手紙を取り出した。

「……手紙の最初が『全略』になっていましたが」

「――ほっほっほ。ちょっとしたお茶目じゃ」

誤魔化すように笑う少女を軽く睨んでから、学校長は手紙の最後を指さした。

現代にはあまり伝わっていない古代の言葉で書かれており、読み解くには相応の知識が必要になってくる。もちろん学校長には解読可能であり、読み解いた結果が大きく目を引く内容であったのだ。

『追伸――リースはいずれ、儂に比肩しうる英傑に成長するだろう。油断するとお主も追い抜かれるぞ。努々《ゆめゆめ》、研鑽を怠るでないぞ？』

「……老師はいったい、どのような少年を弟子にしたのですか？　あの子《リース》の何が、大賢者であるあなたの琴線に触れたのですか？」

学校長の真剣そのものの問いに、大賢者はやはり笑みを浮かべたまま答えた。

「リースはどこにでもいる、ありふれた男子《おのこ》じゃよ」

◆◆◆　学校長　終　◆◆◆

――ぶへっくしょいっっ！

「（ずずずっ）……誰かが噂してんのかね。できれば乳がたゆんたゆんの美少女であって欲しい」

「馬鹿なこと言ってないで早く飯に行くぞ」

「あいあい」

盛大なクシャミをしてから、俺は先をいくアルフィの後を追った。

午前中の授業が終わり、昼食の時間。学生にとって、放課後と並ぶ日常的にありながらも重要なイベントだ。

「経営に金掛けているだけあってジーニアスの学食は美味いよなぁ。これだけでもジーニアスに入学した甲斐があったわ、マジで」

「宮廷料理人に劣らない一流シェフが作っているらしいからな。美味いに決まっているだろう。その分、値段も相応だけどな」

「俺は美味いご飯に金の糸目を付けない主義だ」

美味い料理には手間も材料も必要になってくる。その代償としてなら俺は喜んで金を払う。

「……疑問に思ってたんだが、お前はどうやって入学資金や学費を用意したんだ？　俺は特待生で食費を含む殆どは免除されているが、お前は違うだろ」

食堂へ向かう最中に、アルフィと他愛もない会話を続ける。

「お前の親父さんが腕のいい酒職人なのは知ってるが、ここの学費を払えるほどに儲けているなんてはなし、聞いたこと無いぞ」

「馬鹿言え。親父《おとん》の稼ぎでこんな貴族様御用達の学校に通えるわけないだろ」

「だったらどうやって？」

「全部自分で稼いでんだよ。俺が『狩人《ハンター》組合』に登録してるの知ってるだろ」

「それはまぁ……」

納得しかけるアルフィだったが、まだ疑問が尽きないらしい。

「けど、狩人の仕事は確かに危険に見合う実入りがあるけど、ジーニアス魔法学校の学費を払えるほどに稼げる仕事か？」

「そりゃあれだ、獲物次第だ。大物を二、三匹ほど狩ればお釣りがくる」

「なるほどな。…………いやちょっと待て。お前の言う大物って、どれだけの——」

「っと、学食に到着だ。話の続きはまた後でな」

「——分かった。けど、後できっちりと説明してもらうからな」

学食は既に多くの学生たちでごった返していた。

俺は席の確保をアルフィに頼み、俺はアルフィから注文を聞いて学食の列に並んだ。

——さぁ、今日は何を食べようかな。

第十一話　割り込みは厳禁です──『ぺいっ』としました

学食の列に並んでいる時間は、拷問の時間であると同時に至福の時間でもある。

食堂の中では注文を終えて学生たちが各々で昼食を楽しんでいる。出来上がってテーブルの上に置かれた料理から食欲をそそる香しい匂いが俺の鼻と胃を直撃する。育ち盛りの若者には正しく拷問を強いるような匂いだ。

その一方で、食欲が倍増し空腹が促進されることによって、一流シェフが作る料理を更に美味しく頂くことができる。空腹とは何よりも勝る究極のスパイスだ。

まさに、この瞬間は地獄であり、先に待つのは天国。

──故に。

「ラトス様！　ここが空いて──」

「──るわきゃねぇだろこのすっとこどっこいが」

さも当然のように俺の目の間に割り込んできた男子生徒《バカ》の顔を鷲掴み『ぺいっ』としてやった。もちろん、他の生徒の邪魔にならないよう、空いているスペースに倒れるように加減した。

食堂が昼食時の喧噪に包まれていたとしても、人間が床に倒れる鈍い音は面白いほどに響いた。俺の前に並んでいた者やその周囲の生徒たちは音に反応して振り返り、床に倒れた男子生徒を目にぎょっとなった。

「おい、後ろがつっかえてる進んでくれ」

「え？　あ？　お、おう……分かった」

順序よく並んでいるところに強引に割り込もうとした馬鹿は当然無視し、俺は一つ前に並ぶ生徒に先を促した。彼は俺を見て床に倒れた馬鹿を見ておろおろとしたが、己の後ろに並ぶ列を確認すると進みを再開した。床に倒れた馬鹿は痛みに悶えて立ち上がれず、側を通り過ぎる者は皆ぎょっとするが、関わり合いになるのを嫌いスルーしていく。

「ッ、おい！　俺たちを――」

「――誰でも良いから一番後ろに並べや」

強引に肩を掴んできた阿呆《アホ》の手を掴み返し、半回転して脇の下に入り込む。そのまま勢いを付けて、列の一番後ろにまで『ぺいやっ』と阿呆を投げ飛ばした。もちろん、絶妙な力加減で誰にもぶつからないスペースに落とした。

俺の真後ろに並んでいた奴がぽかんと口を開けていたが。

「ほれ、後ろがつっかえるから進もうぜ」

「え？　あ？　う、うん……分かった」

前にいた奴と同じような反応を見せ、素直に進むのを再開した。

後ろの方から悲鳴が聞こえたような気もするが、我関せず列に並び続ける。それにしても今日は時間がかかるな。妙に割り込みが多いし、空腹はスパイスだがさすがに限度ってもんが――。

「貴様！　さっきから」

――ブチンッ。

「さっきからやかましいわ、このボケがぁぁぁぁぁぁっっ！」

苛立ちを混ぜて投げられた声に対して、俺はそれを上回る大きな怒声を叩き返してやった。

「どこの誰かは知らんが、俺ぁ今非常に腹が減ってイライラしてんだ！　成長期の空腹を舐めんなよ！　これ以上しつこいようならてめぇの頭丸かじりにすんぞ!!」

「ひぃぃぃぃっっ!?」

情けない悲鳴を上げたのは、青髪の男子生徒。彼は俺の剣幕に押され、その場に尻餅をついてしまった。よく見るとアルフィと同程度のイケメンだが、恐怖に顔をひきつらせている様が何とも情けない。ふん、人が空腹の時にちょっかい掛けるからだ。

「ほれ、ぼさっとしてないで進む進む」

俺の前と後ろにいた生徒が驚きで硬直していたのを、俺が促して先に進ませる。ただでさえ混んでいるのに、これ以上列の流れが滞っては堪らない。俺は腹が減っているのだ。


「――という一幕が並んでる最中にあったわけよ。全く、迷惑な話だ」

「確かに非はあちらにあるが、むしろ可哀想に思えてきた」

「そうか？　怪我させないように細心の注意を払ったんだがな」

俺と交代する形で料理を取りに行ったアルフィの到着を待ち、俺たちは無事に昼食にありつくことができた。俺とアルフィは談笑しつつ料理を口に運んでいく。

「それで、その生徒ってのは結局誰だったんだ？」

「知らん」

「……非は確かにあちら側だろうが、その生徒が本当に悲惨に思えてきて仕方がないぞ、俺は」

「やべ、今日の料理も大当たりだ。ちょっと肉汁がヤバい。野菜もしゃきしゃきして超美味いわ。…………うん？　何か言ったかアルフィ」

「……本当に悲惨だな、その生徒が」

アルフィは深いため息を吐いた後、何も答えずに料理を口にした。俺は首を傾げたが、引き続き料理を堪能する事にした。

「それで、さっきは聞きそびれたが、お前が学費を支払うために仕留めた『大物』ってのは何だ？」

アルフィは言ってから、スープを一口含んだ。

「とりあえず『ワイルドベア』と――」

「ぶはっ⁉」

俺が名を口にしながら指折りで数えようとしたが、一本目の指を折り曲げたところでアルフィが口の中のスープを吐き出した。俺は咄嗟に防壁《シールド》を展開して飛沫を防ぐ。

「おい、汚いぞアルフィ」

「げほっ、げほっ……。ワイルドベアって確か、超危険指定にされている魔獣じゃなかったか？」

咽《む》せて涙目になりながらも、アルフィは言葉を絞り出した。

――ガンッ！

ワイルドベアは世間では『大物』とされているが、大賢者の婆さんが住んでいる場所――通称『黄泉の森』――では、中堅クラスであろう。巨大な体躯に見合う膂力と生命力は確かに驚異的だが、あの森にはもっと凶悪な魔獣がうじゃうじゃと生息している。

「『ちょっと一狩りに』――みたいな軽い気持《ノリ》ちで仕留められる大物じゃないだろ……」

「『もうちょっと一狩りに』ぐらいか？」

「やかましい！」

怒られた。解せぬ。

ちなみに、ワイルドベアの肉や内臓は滋養強壮に富んでいる。特に薬草と一緒に煮込んだ熊鍋は、食せばたとえ風邪を引いていても一晩でたちどころに快復するほど。家族が病気になったときはよくワイルドベアを狩ったりしていた。

もちろん、家族には『普通』の熊鍋ということにしておいた。何せ、ワイルドベア一頭を狩人《ハンター》組合に引き取ってもらうと、相当な金額になる。そんなのを食べていたと知れば、家族全員が卒倒しかねないしな。

――ガガンッ！

第十二話　収納上手――そういえば少しうるさいです

――ガガンッ！

昼食を全て胃袋に収めると、アルフィがまた口を開いた。

「ワイルドベアを狩人《ハンター》組合に持ち込んだら、噂になってる筈だろ。けど、そんな話は聞いてないぞ。どうやって換金したんだ？」

「村の組合じゃ売却費用を支払えないだろうって話だったから、都の組合に持ち込んだ」

「ワイルドベアって、成熟した個体は四メートルを超えるって聞いたことがある。まさか、都まで担いでったのか？」

「持ち込んだ獲物は一頭だけじゃなかったから、さすがに担いでは無理だよ」

「……言外に、一頭なら担いで来れるって言いたいのか」

俺は制服の下に仕舞い込んでいた首飾り《ネックレス》を表に出した。本来ならあまり見せびらかしていい代物じゃないが、アルフィだったら問題ないだろう。無闇に喧伝する奴じゃないからな。

——ガンッ、ガンッ！

「アルフィ、こいつが何か分かるか？」

「……何かの魔法具（魔法が込められた道具）か？」

「知り合いからもらった珍しい魔法具でさ」

青色の金属部と緑色の宝石で構成されたシンプルなデザイン。俺はその宝石部分を軽く叩いた。すると、テーブルの上に小さな光が弾け、光がなくなると代わりにそこには『木箱』が出現していた。

木箱の蓋を開けば、中に納まっているのはクッキーだ。

アルフィは納得したように頷いた。

「なるほど、『収納箱《アイテムボックス》』か」

「……意外と驚かないねお前。これってそれなりに希少品《レアモノ》なんだけど」

「それなりに珍しくもあり、かと言って滅多にない物でもないってだけだ。あ、一つもらうぞ」

木箱の菓子を一つ摘むと、アルフィは口に放り込んだ。彼の反応に拍子抜けしつつ俺も一つ食べる。美味。

——ガンガンガンッ！

このネックレスは大賢者の婆さんから餞別としてもらった魔法具だ。昔に凄腕の職人に作ってもらった物のようで、手の平に握り込めるほどの小ささなのに、実際には大型倉庫を更に上回る量を保存できる。収納した物はいつでも取り出すことができ、収納されたている間は時間が止まっている為に食べ物の鮮度をずっと保つことができるのだ。

無論、何でもかんでも収納できるわけではない。扱う上でいくつかの制約が存在している。

一つ目――生命活動を維持している存在は収納できない。

二つ目――他人が身につけている物を収納することができない。

三つ目――地面に固定されている物体を収納することはできない。

四つ目――収納箱は所有者以外には使用することができない。

――ガンッ、ガンッ、ガガガガンッ！

「商人や狩人にとっては垂涎《すいぜん》の一品だな、まさに」

「これのお陰で楽に都の狩人組合に獲物を持ち込めたわけだ。ほい『収納』」

菓子箱に蓋をし、そのまま上蓋に手を乗せたまま『言霊《キーワード》』を呟く。箱は光に包まれると、胸元のネックレスに吸い込まれるようにしてその場から消えた。

――ガガガガンッ！　ガガガガンッ！

「……なぁリース」

「まぁ、そろそろウザったくなってきたな、この音にも」

俺たちは揃ってとある方向へと振り向いた。そこには俺の展開した半透明な防壁《シールド》を跨いで、顔を真っ赤ににさせ、肩で息をした青髪の生徒が立っていた。

「たぶん、お前が『齧《かじ》る』宣言した相手じゃないのか？」

「……おお、確かに妙に割り込みをしようとしてたイケメンだ」

ポンッと手を叩く。

「────ッッ!!」

俺の仕草が気に食わなかったのか青髪男子は叫ぶが、防壁に防音加工を施しているので全く聞こえない。それから、食堂の中だというのに空中に魔法を投影しだした。

放たれたのは『水弾《アクアバレット》』だ。どの属性であっても、属性を弾丸上に圧縮して放つのが攻撃魔法の初級だ。

通常、一つの魔法陣から放たれる弾丸は一つ。しかし、青髪男子の魔法陣からは水の弾丸が大量に連射された。

──ゴガガガガガガガガガガガッ！

さっきから聞こえていたのは、防壁に彼が放つ水弾が衝突する音だった。アルフィが先ほどスープを噴き出した頃に、どこからか水弾が飛んできたので、そのまま防壁を拡大し、放置していたのだ。

「いい加減に諦めてくれんかね」

「貴族のプライド的な何かがあって引っ込みがつかないんだろう。周りを見てみろリース」

言われて周りを見渡す。近くの席に座っているのは俺とアルフィだけで、他の生徒は青髪男子の魔法に巻き込まれないように離れた場所に避難し、行く末を見守っていた。

「こりゃまた随分と悪目立ちしてるな。おいアルフィ、別に付き合わなくて良かったんだぞ？」

「お前と同郷って時点で諦めてるよ」

なんだかんだいって、やっぱりこいつは良い奴だよなぁ。

「それよりもいい加減、気にしてやれよ。あれ、もうちょっとで泣きそうだぞ」

青髪生徒は顔を真っ赤にしながら魔法を放ってくるが、アルフィの言葉通りそろそろ泣き出しそうな雰囲気である。

しょうがないので、水弾が途切れたタイミングを見計らって防壁を解除した。

「で、何の用？」

「うがぁぁぁぁぁぁぁぁ!!」

問いかけたら叫び声と共に魔法の投影で返事をされる。完全に頭に血が上って耳に届いていないなこりゃ。

「アルフィ」

「やれやれだなほんと――『風弾《エアバレット》』」

溜息混じりでありつつも俺の意図を読みとったアルフィが即座に魔法を投影した。青髪よりもかなり遅れて投影を開始したのに、投影が完了したのはアルフィの方が早い。さすがは天才だ。

「『アクアガト――』（ゴンッ！）はぐぁっ⁉」

威力を調整した風の弾丸が、今まさに魔法を放とうとする青髪の額に命中。妙な悲鳴を上げて投影を強制的に中断させられた。青髪は額に手を当て、痛みにうめきながらしゃがみ込んでしまった。

「……打たれ弱くね？」

「俺は『この惨状』に頭を抱えたいよ」

防壁によって弾かれた水弾は圧縮された水が解放されて周囲に飛び散っていたのだ。俺とアルフィの座る席は防壁で無事だったが、その周りは完全に水浸しになっていた。

「……よし、逃げるか」

「やめとけ、もう遅い」

親友が指さしたのは、複数の教師がこちらに向けて駆け寄ってくる場面だった。

何とも懐かしい光景だ。村の学校ではよく教師によく追いかけられたものである。


あの後、教師に囲まれた俺、アルフィ、そして青髪の生徒は生活指導室へと連行された。

部屋で待つことしばらく、やってきたのは禿《はげ》の教師《オッサン》だ。状況《シチュエーション》的に生活指導担当の教師なのだろう。如何にも頑固親父と言った具合の強面で、体格もガッシリしている。魔法学校の教師とは思えない風格だ。

教師《ハゲ》は眉間に皺を寄せ、睨みつけるようにこちらを見据えた。青髪はビクリと肩を震わせ、アルフィは小さく溜息を吐き、俺は教師の煌『きら』びやかな頭の輝きに目を細めていた。

やがて、教師は重苦しい雰囲気を纏って口を開いた。

「それで、言い訳はあるのかね？」

「ぼ、僕は――」

「『俺たちは被害者。加害者はそこの青髪です』」

俺とアルフィは言い淀む青髪を上書きするように、迷い無く明瞭に答えた。息を合わせたような俺たちの論に、青髪がぎょっとした顔になった。一切相談事もなく、言葉がハモったことに驚いたのか。

「ふむ……では、青髪君の言い訳も聞こうではないか」

……この教師《おっちゃん》。強面な見た目に反してノリが良かったりするのか？

生活指導の教師に促されると、水を得た魚のような勢いで俺を指さした。

だがしかし、既に俺はその半歩横へと移動しており、奴の指先は空を――。

「余計にややこしくなるから止めろ」

「あい」

隣《アルフィ》に怒られたので、黙って指さされた。

「こ、こいつは！　列に並ぼうとした僕や僕の友人に暴力を振るったんだ！　そしてその隣の奴は、僕に対して魔法を撃った！　ぼ、僕たちは被害者だ!!」

「――だそうだが？」

尋ねてくる教師の顔には呆れが混じっているように見えた。おそらく、ここにくる前に他の教師からある程度の事情は聞いているのだろう。

俺は横目をアルフィに向けると、彼は肩を竦めるだけだった。好きにしろと。

教師は俺たちを見渡してから、改めて切り出した。

「まず始めに君たちが騒動を起こした切っ掛けを説明してもらえるだろうか？　状況は既に聞き及んでいるが、当事者の君たちから改めて話を聞きたい」

意外と話が分かりそうな教師のようだし、俺は素直に口を開いた。

「最初に、腹を空かせながら学食の列に並んでいた俺の前にさも当然のように割り込みをしようとした奴がいたので〝ぺいっ〟としました」

「それはどんな感じの〝ぺいっ〟だったのかな？」

「こう、〝ぺいっ〟って感じです」

俺は最初割り込みしてきた奴を投げた時の様子を身振りで表現する。

「で、その後にも何故か怒って割り込んできた奴がいたので、そいつは〝ぺいやっ〟としました」

続けて、二番目に割り込みを掛けてきた奴を投げ飛ばす様子をまた身振りで表現した。

「そうか〝ぺいやっ〟としたのか」

この教師、マジでノリ良いな。

「最後の青髪《そいつ》にいたっては、怒鳴られたんで怒鳴り返したら腰抜かしました。手も一切出してないです」

「こ、腰なんて抜かしていない！」

俺の言葉に即座に反応した青髪は、一気にまくし立てる。

「というか、君は平民だろう！　貴族である僕に列を譲るのが礼儀ではないのか⁉」

「誰がいつ、俺が平民だと言った？」

「…………え、違うのか？」

「独断と偏見で人様を判断するのは良くないぞ」

「そ、そうだな。それは申し訳ないことを――」

「まぁ、俺は平民ですけどね」

「人を馬鹿にするのも大概にしろよ⁉」

髪が青いくせに沸点が低いな、この青髪君。

「平民だろうがお貴族様だろうが、列が並んでるならその一番後ろに順序よく並ぶのが礼儀というか常識じゃねぇの？」

「正論だけど、おまえの口から礼儀や常識って言葉が出ることに俺はもの凄ぉぉく違和感を覚えた」

「うるさいよ」

アルフィの嫌みに俺は軽く睨むが、醒めた目で見返されただけだった。教師の野太い咳払いが割り込み、俺たちは前を向き直した。

「事の発端は理解した。では、どうして食堂が水浸しになったのかも説明してもらえるかな？」

「そ、それは――っ」

「隣のアルフィ《こいつ》と一緒に飯を食ってたら、魔法が急に飛んできたんで防壁使って防いだだけです。水浸しになってたのは、青髪の使ってた魔法が水属性の水弾だったから。ぶっちゃけ、最初の二人はともかくこの青髪に関して俺は一切手を出していません」

「そして俺は、リースが話を聞こうと防壁を解除しましたが、頭に血が上ってさらに魔法を使おうとする青髪を、弱めの風弾で止めました。正当防衛を主張します」

青髪の言葉よりも先に、俺は己の言い分を主張した。それに間髪入れずアルフィも続く。勢いを絶たれた青髪は口をパクパクとさせるだけで何も言えなくなっていた。

俺たちは生まれた頃からの長い付き合いがある。この程度の掛け合いならその場の勢い《アドリブ》で可能だ。

「……で、どうかな青髪君。彼らの言っていることは真実かな？」

教師の言葉に、いよいよ青髪は顔を真っ赤にして叫んだ。

「ぼ、僕にはラトス・ガノアルク！　名誉あるガノアルク家の長男だ！　決して青髪という名前ではない！」

ツッコミどころはそこか。

別に故意に『青髪』と呼んでいたわけではなく、青髪《ラトス》君の名前をこの時点で初めて知っただけの話だ。――取り巻きっぽい奴が呼んでいたのは、今聞いた時点で思い出したけど。

「なぁアルフィ。ぶっちゃけ、ガノアルクさん家《ち》って、どこのどなた？」

「俺だっておまえと同じ田舎村出身だ。知るわけないだろう」

「が、ガノアルク家を知らないと言うのか⁉」

揃って首を傾げる俺たちに、教師は説明するように言った。

「ガノアルク家――水属性魔法に秀でた一族で、その道に関してはかなりの名門だ。ラトス・ガノアルクは入学試験でも優秀な成績を修めている」

「そうだ！　貴様たちのような平民とは出来が違うのだ！」

……………。

……………。

……………。

「な、なんなんだこの『おいおい、何言っちゃってくれてんのこのお坊ちゃまは』みたいな空気は⁉」

まさしくその通りである。というか自分で言うのかよ。

だって……ねぇ？

——あ、よく考えるとこの教師はもともと青髪君の名前を知っていたのか。見た目からは想像つかないが結構お茶目なのかもしれない。

「確かに、二人とも平民なのは紛れもないが」

教師は疲れたような深い息を吐き出すと、こう説明した。

「まず、そっちの礼儀正しい方——アルフィ・ライトハートは、今期の入学試験で総合三位の成績を修めている」

「…………は？」

「ついでに言えば、世界的にも希であろう四属性を操る天才だ」

青髪——ラトスの目が驚きの余りに見開かれた。

「よ、四属性だって⁉　そ、そういえば学校の教師がわざわざスカウトしに行ったという天才がいたという話を聞いた覚えが——まさか彼が⁉」

まさにアルフィ《かれ》だな。

「で、もう片一方の無礼な方だが」

おい教師、その説明はちょっと――。

「何も間違っていないから黙ってろ」

おいアルフィィィ⁉

「こっちも名前は聞いたことあるはずだ。何せ、入学式で派手に喧伝していたからな」

あの時、声は学校長の魔法で拡大してもらえたが、生徒たちが整列していた場所と壇上は少し離れていたからな。俺の顔がよく見えなくとも不思議ではない。そして、俺の名を聞いて改めて思い出したようだ。

「入学式？……ッ⁉　ま、まさか⁉」

「新入生の中で唯一、入学試験で総合満点を取ったのがこのリース・ローヴィスだ。更に付け加えるなら、どちらもノーブルクラスに所属している」

目が飛び出すんじゃないかと思えるほどに、ラトスは更に大きく目を見開いた。

「ちっ、いずれ俺がナンバーワンになるんだからな」

「ここは流石に張り合うタイミングじゃねぇだろ」

――ちなみに、俺とアルフィには騒ぎを起こした事への注意はされたものの深いお咎めは無し。

一方で、ラトスにはある程度の処罰が下されるという。ただ、入学したばかりであり負傷者もいなかったことから、重たい罰になることは避けられたらしい。取り巻きらしき二人にも厳重注意がなされるとか。

「あ、そういえばあの教師の名前、聞きそびれてた」

「いずれは知ることになるだろうさ。それよりも早く教室に戻るぞ。今ならまだ授業の最後には戻れるはずだぞ」

「あいあい」

生活指導室を後にし、俺たちは小走りに教室へと戻ったのであった。

第十三話　授業のお話――よし来たわっしょい

――食堂水浸し事件の四日後。

朝の授業が始まる前、俺とアルフィは食堂で会話をしながら朝食を取っていた。

残念ながらまだ友人は出来ておらず、二人で向かい合っての朝食。何せ周囲は貴族様ばかりだ。色々な意味で目立ち、それでいて平民である俺たちと進んで友人になろうとする物好きはいないようだ。

さ、寂しくなんかないんだからね！（誰得？）

俺はパンを口に放り込み、咀嚼《そしゃく》し飲み込んでから周りを見渡した。

「水圧やらなんやらでしっちゃかめっちゃかになった食堂も、翌朝には綺麗さっぱりになっていたから驚きだわ」

「礼儀正しいお貴族様が多いこの学校も、魔法を使った騒動ってのは日常茶飯事らしい。だからその対応に関しても教師陣は手慣れてるんだと」

「だからあんな迅速に教師たちが駆けつけてきたのか」

「他にも、損傷した備品の補充やら破損した施設の修復とかな」

魔法の中には物質の形を操作したり組成を組み替えたりするものも存在している。それらを応用すれば道具や建物の修繕も可能だ。その場合であっても修繕に材料が必要になってくるが、職人が手間暇掛けるよりも圧倒的に早く作業を終えることが出来る。

「……もしかして、高い入学金や学費って、その修繕の材料費とかが原因じゃねぇのか？」

「かもしれないな、小さな頃から金銭的に恵まれてる奴ってのはそこら辺りの被害に鈍感だ。よほど高価な美術品がない限りは自重せずに暴れ回るだろうさ」

「ああ、この前みたいな展開か」

「そうでないと、生徒やテーブルが密集する食堂のど真ん中で魔法を使おうなど思わないよ」

防御魔法とは違い、属性魔法のほとんどは攻撃性を秘めている。青髪《ラトス》が使っていたのが水属性だから良いが、火属性だったら処罰はもっと重たいものになっていたかもしれない。

それからは話題は授業内容に移った。

魔法使いの学び舎としては最高の水準を誇るジーニアス魔法学校だが、その本質はやはり『学校』。魔法に関する事以外の様々な授業も行われている。

国語、古典、算術、地理、歴史と言ったどの学校にもあるような授業もあるが、なんと政治経済学や芸術の授業まである。果ては社交界におけるマナー講座まであるというのだから驚きだ。

何も酔狂で後半に上げた授業が行われるわけではない。

魔法使いは『国』にとって最も重要な人員の一つであり、特にジーニアス魔法学校の卒業生は国を背負って立つ人材の卵。加えて、新入生や在校生の大半が貴族出身者。

卒業後に軍人となって国家防衛の要になる者もいれば、政治関連の要職に就く者だっている。これらに関する深い知識がなければその道に進むことなどできないのだから。彼らにとってむしろ、政治経済学などの授業はあって当然の話だった。

政治経済学に関しては、大賢者の婆さんから簡単な手解きはされた。あの婆さん、魔法使いにとっては一般教養も大事だという事で本当にいろいろな知識を教えてくれたのだ。

とは言っても、彼女自身『黄泉の森』に住み着いてから長いようで、知識の大本はかなり古い。幸いにも政治の骨組みは婆さんがよく知る時代から現在までに大きな変化は無かったようで、その差異を改めて勉強し直せば大丈夫だ。経済に至っても根っこの部分は変化がないので同じく何とかなった。

ただし、芸術やマナー講座に関しては完全に門外漢。

貴族出身の生徒たちなら幼少の頃より教育の一環として芸術やマナー《それら》を仕込まれているだろうが、田舎村出身の俺にはまるで無縁だった。どちらも、平民として生きていくには全く必要ないし、そもそも興味がなかった。

「幸いなのは、芸術とマナー講座の授業と他の授業の成績が別枠だって事だな。この二つはとりあえず基準点さえ満たせば問題ないらしいし」

「助かるのは事実だけど、だからといって疎かにもできないぞ。逆を言えば、基準値を満たなかったら落第の可能性もあるんだから」

ゼストの説明を受けた時の俺と、同じく平民出身であるアルフィの安堵は大きかった。

アルフィは故郷でも貴族学校に通っていたが、マナーに関しては本当に必要最低限しか習っておらず、芸術の授業はそもそも無かったらしい。同じ貴族でも、田舎町の貴族と都の貴族では教育の水準が大きく異なるのだろう。

芸術とマナー講座もそうだが、特に俺の不満が大きかったのは『武術』の授業が無かったこと。運動の授業はあったが、実戦を想定した格闘系の授業が全くないのだ。

「基本的に戦場での前衛は他の兵士任せだからな。敵の魔法を避けられる程度の運動力の確保や、行軍に必要な体力作りが精々だろ」

現在における魔法使いの主流は『いかに相手より早く強力な魔法を投影するか』――これに尽きる。

特に魔法使い同士の戦いでは投影速度が重視される傾向にある。どれほど強力無比な魔法であっても投影時間が長ければ途中で相手の魔法使いに短時間で発動できる魔法で潰される。

先日に行った魔法の威力測定で、巨乳《カディナ》ちゃんが使った風穿衝《ストライク・バースト》や、俺の『フルプレッシャー・カノン』など格好の的だ。たとえ兵士が前衛を固めていても妨害する手立てなどいくらでもある。

「ふっふっふ、そんな既成概念など、俺が粉々に粉砕してくれるわ」

「発言と顔が完全に悪役だな」

「それより、今度少し付き合えよ。ちょいと格闘戦の訓練がしたい」

「いいぞ。お前程じゃないが、近接戦闘系の授業が無くて俺も不満があったんだ」

四属性を操る天才のくせに、こいつの勤勉さには頭が下がる。魔法一本だけで十分に強すぎるのに、そのくせ俺と同じく格闘戦も視野に入れている。しかも、俺は大賢者の婆さんに稽古を付けてもらっているのに、アルフィはほぼ独学。それでいて技量で言えば俺とほぼ互角なのだからマジで天才すぎる。

「……技量だけはな」

「ん？　何か言ったか？」

「そろそろいい時間だし、教室に行くぞ」

アルフィは俺の言葉を無視《スルー》しテーブル席から立ち上がった。俺も彼と一緒に立ち上がり、その場を離れようとした。

「見つけたぞ、リース・ローヴィス!!」

朝の食堂に鋭い声が響き渡った。

――青髪であった。

彼は現れるなり、俺を指さしてこう叫んだ。

「リース・ローヴィス……僕は貴様に決闘を申し込む！」

「よし来た」

……………………………………………………。

え、この沈黙は何さ。アルフィだけではなく、青髪の大声でこちらに注意を向けていた生徒たちも唖然としていた。というか、言い出した本人《ラトス》も口を開けてポカンとしていた。

「つーか、お前ってば確か学校から処罰受けてたんじゃねぇの？」

「――はっ⁉」

思考停止に陥っていたらしい。俺の声に青髪が我に返った。

「そもそも、処罰って何だったんだ？」

「一人で学校の外回りの清掃だ。ゼスト先生が教えてくれた」

青髪の代わりにアルフィが答えてくれた。

「それは……キツいのか？」

「学校の規模そのものが広大だからな。その外周ともなれば相応にでかいだろう。むしろ、たった三日で終わったことに驚くぞ」

魔法学校の敷地は、一つの町が納まってしまう程度の広さがある。その外回りをそれをたった一人で行うとなれば確かに厳罰だろう。

「僕の魔法があればたかが学校の清掃など三日で終わる！」

自慢げに胸を張った青髪。

…………ん？

「水属性魔法には『浄化《クリーン》』があるからな」

違和感を覚える俺を余所に、アルフィが青髪の言葉に付け加える。

浄化は様々な汚れを綺麗にするご家庭の主婦に大変心強い水属性だ。これを習得している人間は、冬場の洗い物が非常に楽であると羨ましがられるほど。

「というか、それがなければ三日どころの話では済まないな。多分、その辺りを配慮しての処罰内容だろうさ」

「そんなことはどうでも良い！　それよりも、リース・ローヴィスとの決闘だ！」

「よし来た、行くぞ」

「だから何で即答なんだよ⁉」

え？　俺がおかしいの？

第十四話　ステイステイします――わっしょいの続きです

◆◆◆　カディナ　◆◆◆

カディナ・アルファイアはその光景を同じく食堂の一席から眺めていた。

表面では澄ました表情を取り繕いながらも、その内面には激しい苛立ちが募っていた。

視線の先にいるのはリース・ローヴィスとアルフィ・ライトハート。

――彼女の実家であるアルファイア家は国内でも屈指の名家であり、有能な魔法使いを多く輩出してきた実績がある。

血筋に宿る属性は『風』。中でもカディナは歴代アルファイア家の中でも飛び抜けた才能を秘めており、幼い頃より多大な期待を寄せられてきた。

カディナ自身も身に宿った才に奢ることなく、努力を怠ってこなかった。事実、ジーニアス魔法学校に入学するまでに通っていた中等部の学校までは常に一位の成績を維持していた。

彼女にとって、常にトップを飾ることは当然であり、その事に対する高いプライドを持つことも至極当然と言えよう。それが決してプライドばかりが先行した愚者ではなく、寄せられる期待に恥じぬ努力を積み重ねた自負であった。

——しかし、そんな彼女の認識が、今や脅かされつつあった。

他ならぬ、リースとアルフィによって。

厚顔無恥この上ない入学式の宣言が、カディナの頭の中に再生された。

「……まったくもって、ふざけているわ」

小さなつぶやきは誰にも届かなかった。風魔法で音を遮断《しゃだん》していたのだ。もし仮に誰かの耳に届いていれば、蛇に睨まれたカエルよろしく恐怖の余りに硬直していただろう。

入学試験で筆記は満点を取ったものの、実技試験では教師に敗れ去り惜しくも総合満点を取り逃した。これから教えを請う身として教師に負けるのは恥ではない。悔しさを感じるのはまた別ではあったが、いずれ勝ちを得るための原動力となるのだから良しとしよう。

だが、その先にあったのは予想もしなかった展開。

入学式の答辞を任されるのは常に最優秀成績者であるのが通例。答辞を任された時点でカディナは己が入学試験でトップを飾ったのだと確信していた。

だというのに、入学式の当日を迎えれば、自分を越える入学試験の主席合格者が存在するではないか。

『俺はこの学校で『最強』を目指す！　最終的な将来の目標は『防御魔法で天下取り』だ！』

実技筆記ともに満点という信じられない結果に、信じられないような不遜極まりない宣言。しかもこの様なふざけた宣言をした輩は平民であり、同じ『ノーブルクラス』に在籍することになった。

実のところ、ノーブルクラスにはもう一人平民が在籍している。

それがアルフィ・ライトハート。

近年――どころか歴史的に見ても非常に希な『四属性持ち』。ジーニアス魔法学校の教師が直々にスカウトをしに行くほどの逸材であり、入学試験の成績ではカディナに次ぐ成績を誇っていた。

諸事情により中断した後に、数日を経て行われた魔法の威力測定ではその希有な才能を見せつけるように四属性の魔法を同時に操り、クラス全員を驚かせた。純粋な威力に関しても、カディナの風穿衝《ストライク・バースト》と同等かそれを上回る結果を叩き出していた。しかも詠唱速度はわずか数秒足らず。総合的に考えればアルフィが勝っていた。

――その数日前に度肝を抜くような光景を見せられたが、皆悪夢だと思って忘れようとしている。

優れているのは何も魔法的な才能だけではなかった。

おそらくこの学園では最も才能を秘めているだろうアルフィだったが、その人柄は傲慢とは程遠い好感の持てる少年だった。向上心は強く、それでいながら人当たりも良く誠実だ。あれほどの才を見せつければ嫉妬の対象となるのが普通であるのだが、ノーブルクラスの大半は彼に対してそれほど悪感情を抱いていなかった。

カディナも、アルフィにライバル意識は持っていながら、負の感情を向ける気にはならなかった。彼の姿勢は自分と同じく、生まれ持った素質に胡座をかくことなく、真摯に受け止めているように感じられたからだ。おそらく、彼のような人物がこの国の将来を背負うのだろう。

ついでに言えば、整った顔の造りに、たまに見惚れたりもした。

……しかし、だからこそ。あれほどの素晴らしい能力を秘めた人材が、『恥知らず《リース》』と親しげにしている事実が許せなかった。昔からの幼馴染みのようだが、だとしても信じられない気持ちになる。

本人の言葉が真実なら、リースは属性を持たず、扱うのは『防御魔法』のみ。だが、魔法の初心者が練習代わりに使用する防御魔法だけで、どうやって実技試験で満点の結果を

——相手となる教師を倒すことが出来るのだろうか。

思い出したくもないが、魔力測定に放ったあの『銀色の光』もそうだ。カディナの風穿衝もアルフィの四属性魔法でも破壊できなかった代物を、名の通り防御にしか扱えない防御魔法が破壊できるはずがない。

しかし、いくら考えてもリースの扱う魔法の正体を掴むことが出来ない。常識的に考えて、あれほどの威力を誇る魔法は絶対に四属性のうちのどれかなのだ。

……屈辱的な話だが、いずれ彼を追い落とすつもりのカディナとして、リースの魔法の正体を探っておきたいところ。そのために、実際に彼が魔法を使う場面を見ておく必要がある。

そういう点を考えると、あの青髪の登場は非常に都合が良かった。

カディナはそのまま、彼らの会話に耳を傾ける。

風魔法を操る彼女にとって、遠くの音を拾うことなど造作もない。彼女とリースたちとの距離は少し離れていたが、その耳には彼らの会話が身近で交わされているように良く聞こえていた。

◆◆◆　カディナ　終　◆◆◆

「だから何で即答なんだよ⁉」

「いや、挑まれたから『良し来たわっしょい』ってなるのは当然だろ？」

決闘は絶賛大募集中だ。

そもそも、俺は入学式の時点で新入生全体に対して派手に喧嘩を売っている。むしろ、今の今まで誰も挑みに来てないのが不思議なほどだ。

「普通、貴族に名指しで挑まれたら平民は尻込みするはずだろう！」

「残念、俺は尻より乳の方が大好きです」

「ち、乳って——そ、そんなことを言っているんじゃない‼」

青髪は己の胸元を隠しながら顔を真っ赤にして叫んだ。いやいや、ちょっと待てや、それは女の子がする反応だから。

「乳が好きとは言ったが、流石の俺も野郎の雄《お》っぱいには興味ないって……ん？」

よく見ると、青髪って確かにイケメンだがアルフィの『カッコいい系』なそれ《イケメン》とは方向性《ベクトル》がかなり違う。どちらかというと……可愛い系？

——待て待て《スティステイ》だ俺の本能よ。いくら可愛いからといって野郎《おとこ》に発情するほど女には飢えていない。

それによく見ろ、青髪の胸はストレートだ。

――もやっとした。

いやいやいやいやいやいやいやいや、だから落ちつけっての。

俺が人知れず動揺していると、アルフィが口を挟んできた。

「おそらく先日の件での事だろうけど、止めておいた方がいいぞ」

「部外者は放っておいてくれ！　これは僕とこいつの問題だ！」

「だとしても、黙ってこいつの被害者を増やすのは、こいつの同郷者として忍びないからな」

「――っ、僕がこいつに負けるとでも⁉」

「では逆に聞く」

睨みつけてくる青髪を、真剣な顔でアルフィが見据える。

「入学試験主席合格者を相手にして、勝てる自信が君にあるのか？」

「聞いた話だとそいつは防御魔法しか使えないって話じゃないか。そんな奴が筆記はともかく実技試験で満点なんかとれるはずがない！　絶対に不正があったはずだ！　そんな奴に僕は負けない‼」

失敬な――と思う一方で彼の気持ちも分からないでもない。何せ、俺のように防御魔法を扱う人間を俺は見たことないし聞いたこともない。というか、俺よりも遥かに長生きをしている婆さんですら皆無だという。

「……ああ、その程度の認識だったのか」

アルフィの口から熱が冷めたような言葉が小さく漏れた。大賢者の婆さんを除けば、俺の魔法を身近で一番よく知るのはアルフィだ。それだけに、青髪の認識がいかに的外れであるかを悟ったのだ。その言葉は俺だけに聞こえたようで青髪はアルフィを睨みつけたままだ。

「――で、どうするんだリース。青髪はああ言ってるが」

「そんなの、是非もないだろう」

自然と釣り上がる口角を自覚しながら、俺は言った。

「ラトス・ガノアルク！　尋常に勝負といこうじゃないか!!」

第十五話　学校長に呼び出されました――解説されるそうです

ジーニアス魔法学校の生徒は、その大半が貴族であり幼い頃から礼儀作法を教え込まれている。だとしてもやはり多感なお年頃。話し合いだけでは解決しない問題も出てくる。

事実、アルフィが言っていたように生徒たちの争いに巻き込まれる形で学校の備品に被害が出る事もある。見習いとは言え魔法使い同士が矛を交えるのだ。その被害はとても無視できる範囲ではない。修復のための予算は潤沢だろうが無尽蔵ではないし、人手だって限られている。そのために、基本的には生徒同士の魔法を使っての私闘は禁じられている。違反した者には厳重な注意と処罰が下される。

だが、いくら罰が待ち受けていたとしても全ての生徒が自重できるかと問われてもそれは無理だ。そもそもそれで我慢できる程度なら問題そのものが発生していない。もちろん、学校側もそれは承知している。

そこで登場するのが『決闘』の仕組み。

申請を出せば教師の監督の元に決闘を行うことが認められるのだ。必要なのは決闘を監督してくれる教師と、決闘を行う生徒両者の同意。これさえ揃えば行事等の特別な日程さえなければいつでも決闘を行うことが出来るのだ。

——そんなわけで、俺と青髪《ラトス》はすぐさま決闘の申請を教師に出した。

授業の兼ね合いもあるので、決闘が行われるのは放課後になった。例年でも決闘そのものは珍しくはないが、新年度が始まって一ヶ月も経たずに『決闘』を行うのは殆どないという。最初の一ヶ月は他の生徒の様子を見て、それが過ぎた頃に『決闘』が活発になってくるらしい。

「君はつくづく騒がしい生徒ですね」

「ちょっと待とうぜ。俺って挑んだ側じゃなくて挑まれた側ですよ？　なんで俺の責任みたいになってんの？」

昼休みに学校長に呼び出された俺は、購買で昼食を購入して彼の部屋を訪れていた。

「私が先日の水浸し事件を知らないとでも？　責任の一端は間違いなく君にあるでしょう」

「正当防衛を主張します」

むしろ、俺は専守防衛しかしてませんけど。

「……まぁいいでしょう。それよりも放課後に行われる決闘ですが、監督は私になりましたから、よろしくお願いします」

「へ？　俺はゼスト――先生に申請したんですが……」

朝の授業が始まるなり青髪とともにゼストの元に赴《おもむ》き、決闘の申請を出した。彼はものの凄く嫌そうな顔をしつつも了承し、なんだかんだで監督を引き受けてくれたはずなのだが。

「私が無理を言って交代してもらったのですよ。安心してください。リース君が老師の直弟子であろうとも依怙贔屓《えこひいき》するつもりはありませんので」

「そいつは俺の方からお願いしたいくらいだ」

ただ、学園長がこんな事を言うためだけにわざわざ呼び出したのではないのは、俺にだって分かる。

「さて、本題はここからです。すでにゼスト先生から言われていると思いますが、測定の際に使用した魔法は使わないでください」

「言われなくても人間相手に使うつもりはない。というか、決闘って形になるとなおさら『フルプレッシャー・カノン』は使えないし」

充填中に守ってくれる前衛《なかま》がいるならともかく、一対一の闘いではまず使う好機《チャンス》は無い。

「それを聞いて安心しました、決闘で使う会場を覆う結界と、測定場の結界はほぼ強度が同じです。もし仮に『あの魔法』を使われた場合、周囲の被害を抑えられる保証がありませんので」

それともう一つ、と学校長が指を立てた。

「今回の決闘には、少々異例ですがアルフィ君に解説についてもらうことになりました」

「アルフィに?」

「既に彼には了承を得ています。本来なら解説が付くとしても学校教師の誰かしらになるのでしょうが……」

何となく学校長の言葉の続きが予想できた。

「君の魔法は私の目から見ても特異が過ぎています。生徒の大半は実際に目にしたとしても理解が追いつかないでしょう」

そもそも防御魔法を『攻撃』に使うという発想そのものがないだろうな。だって『防御』って名前が付いてるし。

「ですので、君と交流が深いアルフィ君に、君の使う魔法の解説をしてもらおうと思いまして。如何でしょうか？」

俺が扱う防御魔法には『アルフィから教わった知識』が活用されている。確かに、アルフィなら俺の魔法を説明する役にうってつけだ。

「了解です。存分に解説させてやってください」

「ありがとう。聞きたかったのは以上の二つです。そちらから何か質問はありますか？」

「あー、相手が貴族っぽいんですが、どのくらいの怪我までならさせていいですかね？」

「そこは安心していいですよ。今回の決闘で使用する会場は特別製ですから」

「特別製？」

つまり、他の会場とは何かが違うというのだろう。

「それが何かは決闘が始まる際に教えてあげましょう。とにかく、君は相手の事を気にせずに全力で戦ってください、それが私の最後のお願いですから」

◆◆◆　学校長　◆◆◆

——昼休みが終わる頃、リースは午後の授業に間に合うように学校長の部屋を退出した。

一人になってしばらくして、学校長は机の引き出しから書類を取り出した。今年度新入生の中でも動向に注意が必要と判断された生徒たちの一覧表だった。

その中には、数時間後に決闘を行う二名の生徒——リース・ローヴィスとラトス・ガノアルクも記載されている。他にも、アルフィ・ライトハートやカディナ・アルファイアの名もあった。

「やれやれ、早速問題が起こったようですね」

この名簿に記載されるのは、際立った能力の持ち主であったり、素行的に問題を秘めていたりと理由は様々だ。つまり、ここに記載されているラトスにも何かしらの事情があるという意味でもあった。

「ガノアルク家に事情があるのも承知しています。ラトス君が今回リース君に決闘を申し入れたのもそのあたりが原因でしょう」

学校長は既に、ラトスをジーニアス魔法学校へと送り出すに当たり、ガノアルク家が秘匿していた事実を把握していた。だが、組織の長として、特定の生徒に肩入れをするわけにはいかない。問題を抱えている生徒はラトスだけではないからだ。

「……この決闘がラトス君にどのような影響を与えるのか、私にも分かりません。ですが、叶うならばあの子にとって良いモノであると願うしかありませんね」

◆◆◆　学校長　終　◆◆◆

第十六話　盛り上がっています――ちょっぴり不安です

『いよいよ今年度初の決闘が行われようとしています！　みなさん、盛り上がっていますかぁぁぁぁあっ⁉』

――ウォオオオオオオオッツ‼

『はい、ありがとうございます！　盛り上がっていらっしゃるようでなによりでぇぇぇす‼』

…………………………。

決闘が行われる旨は既に全校に知れ渡っている。そのために、多くの人間に闘いを見られるとは思っていた。しかし、決闘というのだからもっと厳粛な雰囲気の中で行われると思っていたが……。

「え、なんなのよこの空気」

俺は今、会場の両端にある決闘者の入場口にいる。中央にある壇上《メインフィールド》を跨いだ正反対側には、おそらく既に青髪《ラトス》が準備しているのだろう。

ただ、入り口に足を踏み入れた途端、俺は会場内に渦巻く『熱気』に圧倒される。外はまるでお祭り騒ぎのように盛り上がっていた。

「決闘の実情を知らん奴がその場所に初めて立てば、だいたい同じような反応をするな。さすがのお前さんも同じで一安心だ」

何故か入り口の付近で待機していたゼストからの言葉である。いやいや、なにが安心なのよ。それってどういう事よ、色々な意味で。

「この『決闘』ってのは、学生にとっちゃぁ思う存分に魔法を使用できる良い機会。それと同時に、手加減無しのドンパチってのは他の生徒にとって最高の見せ物なのさ。二年生より上の生徒ってのは既にそれが分かってるからああも大騒ぎしてるってわけ」

俺たちにとっては決闘なのに、見ている方には興業《ショー》という訳か。理解できなくはないか。

「見せ物であるのは確かだが、逆を言えば多くの生徒に決闘の勝敗を目撃される。それこそ勝者は栄光を、敗者は屈辱を衆目に晒すわけだ。そこら辺はは き違えんなよ。特にお前さんの場合は入学式で派手な大口叩いてるからな」

「俺としちゃぁ、あれだけ派手に喧嘩売ったのに誰も挑んでこなかった事自体が不満ですがね」

よく言うよ、とゼストは困ったようにため息をついた。

「そのつもりがある奴でも、一ヶ月程度は様子見だったんだろうよ。決闘が盛んになってくるのも、新年度が始まって一ヶ月を過ぎたあたりが目安だからな」

決闘を仕掛ける相手の情報を仕入れるための期間というわけか。

「学校長の申し出が無けりゃぁ、是が非でも立会人を引き受けたかったからな。だから面倒臭い決闘の手続きも行ったってのにな」

まだ知り合ってから短い時間しか経過していないが、ゼストは私生活はともかく魔法に関してはとても真摯な態度をとることが分かっていた。普段はだらしないかもしれないが、授業であれば非常に丁寧な教え方をするし、生徒の質問にも真面目な質問であれば言葉遣いはあれだがしっかりと答えてくれる。学校長から信頼されているというのも頷ける。

「ってか、今更だけど何でゼスト先生がここにいるの？」

「お前さんの担任だからに決まってんだろうが。あっちにもおそらく、ガノアルクの坊ちゃんと一緒にヒュリアがいるはずだぜ」

ゼストは対面側の選手入り口を指さした。

「さ、無駄話はこのぐらいにして、さっさと入場しな。俺ぁここからじっくりとお前さんの魔法を観察させてもらう」

「一応、アルフィの奴が解説に呼ばれてますけど？」

「馬鹿を言いなさんな。己の目で見た事象を己の力で解き明かすのが魔法使いってやつだろう。他人の言葉だけで納得できるわけねぇだろ」

魔法に真摯というよりかは『魔法馬鹿』だな、この先生。ある意味、大賢者の婆さんに近い考え方を持っている。

「担任として、入学式での宣言が単なる大口でないことを祈ってるよ」

「……先生の希望に添えるかは知りませんが、俺は全力で己の力を証明するだけですよ」

俺は手の平に拳を打ち付け、会場に一歩を踏み出した。

会場の空気にふれた瞬間、いい知れない〝重さ〟が肩にのし掛かった。名も知らぬ無数の視線が圧力となって俺に集中しているのだ。

「いいねぇ、ちょっと盛り上がってきた」

僅かな緊張はあるが、それ以上の高揚が胸の奥からこみ上げてくる。

『ここで東の入場口から主役の片割れ！　一年ノーブルクラス所属、リース・ローヴィス選手の登場だぁぁぁぁぁ!!』

――ウォォォォォォォッ！

『彼はなんと、今年の新入生の中で主席で合格したという逸材！　しかも、入学試験の点数は過去数年に渡って成し得なかった実技筆記双方とも満点を記録!!　ついでに言えば入学式の壇上で新入生全員に派手に喧嘩を売って話題をかっさらった事でも有名です！　悪い意味で！」

おい、最後のいらんだろう。事実だけど。

……つか、よく考えるとこの声ってさっきから何なの？

『あ、申し遅れました。私《わたくし》、今日の実況を務めさせて頂くサラドナ・マクシです。実は今回の決闘が初の実況担当となります。以降、様々な決闘でみなさまにお会いする機会があると思いますがよろしくお願いしますぁぁぁぁぁっす!!』

――ウォォォォォォォッ！

『はい、ご声援ありがとうございます！　あ、新入生の人に説明しておくと、実況ってのは試合の状況をおもしろおかしく脚色してあること無いことぶっちゃけて場を盛り上げるお仕事ね』

いやいや、おかしく脚色はともかく無いことぶっちゃけたらあかんだろ。大丈夫か？

『なお、解説にはリース選手の幼馴染みであり、こちらも入学試験を総合三位と優秀な成績を修めた期待の新入生、アルフィ・ライトハートさんをお迎えしております！』

『……えっと、この魔術具にしゃべりかければいいのか？』

アルフィの声も聞こえてきた。おそらく使っているのは入学式の時に使っていた拡声の魔術具だろう。

『はいそうです！　いやぁ、それにしても入学試験三位とは素晴らしい成績ですねぇ』

『俺としては一位になれなかったのが悔しい限りです』

『ここで挑戦的な台詞がでました！　もしかして、いずれはリース選手に決闘を挑むおつもりで？』

『当然です』

ようやく実況席の場所が分かった。生徒たちが座っている座席よりも少し上の場所だ。

アルフィとその隣にテンションが高そうな女子生徒が座っている。

実況席を眺めていると、またも一際大きな歓声が響きわたる。

どうやらお相手が姿を現したようだ。

『おぉおっと、西の入場口からもう一方の主役、ラトス・ガノアルク選手のご来《らい》じょぉおおおおおおおっ!!』

視線を正面に戻すと、思い詰めたような表情をした青髪《ラトス》が歩み寄ってくるのが見えた。

『ラトス選手の実家であるガノアルク家は、国内でも水属性魔法の使い手として有名であります！　惜しくもノーブルクラス入りは逃したようですが、だとしても新入生の中ではトップクラスの成績を修めております！　今後の成績次第ではノーブルクラスへの移籍も夢ではないとの事です！』

ノーブルクラスはその学年で上位の成績を修めた者が在籍するクラス。当然、トップの座から落ちれば自動的に他のクラスに移籍することになる。そして空いた席に他の成績優秀者が収まる仕組みとなっている。

『ところで、情報によりますとアルフィさんはラトス選手がリース選手に決闘を挑むこととなった経緯をご存じだそうですが……そのあたりはどうでしょうか？』

『黙秘させてもらう。それに経緯などどうでもよいと思います』

『と、いいますと？』

『青髪が勝負を挑み、リースが応えた。この場に必要なのはその事実だけです』

ちょっと気取った台詞だが、アルフィが言うと様になるから不思議だ。

実況席から黄色い声が響く。

『か、かっこぃいいぃいいぃ!! え、ちょっとこの人本当にかっこよすぎる! 年下だけどイケメンだし! あ、ちょっとこの決闘が終わったらご飯でも一緒にしませんか? 最初はお友達から――』

『実況の仕事しろ』

『はい『仕事しろ』の言葉頂きました! うぅん、そのクールな返答がまた痺れますねぇ。あ、実況の仕事は真面目にしますのでご安心を』

安心できねぇ……。

第十七話　決闘の開始――夢幻の結界だそうです

俺の心のツッコミはもちろん届くことなく、実況の言葉はさらに続く。

『さて、今年初の決闘と言うこともあり、新入生のために決闘が行われる上でのルール説明を行いたいと思います。では、『結界』の発動、お願いします！』

実況の合図に伴い、闘いの舞台である円形の壇上《フィールド》の周囲から光が発せられた。

数秒もしない内に、壇上《フィールド》は透明率の高い半円の『結界』に覆われる。

『生徒同士の決闘は壇上とそれを覆う結界の内部で行われます。勝敗の決着方法は三つ。選手の片方が負けを宣言するか、あるいは戦闘不能に陥るか。そして結界の外部に選手が出るかのどれかです。教師が強制的に試合を止める場合もありますが、これは例外的な措置なのでいいでしょう』

ここまでは予めゼストから聞かされている。問題はここから先だ。学校長も決闘の時に説明されると言っていたが――。

『そして、決闘の目玉はなんと言ってもこの壇上その物と言っても過言ではないでしょう。実はこの壇上、これ自体が巨大な魔術具なのです。今張られた結界もその一環であります』

俺は思わず視線を足下に落とした。これが……魔術具？

『より正確に言えば、壇上の下に埋め込まれた核《コア》が本体となっております。名を『夢幻《むげん》の結界』。その効果は『定められた範囲内で発生した物理的な事象は全て夢幻《ゆめまぼろし》と化す』というものです。これがいったいどういう意味か、新入生のみなさまはお分かりになりますか？』

夢幻と化す――婆さんに聞いたことがあるな。俺の記憶にある情報と、それが決闘という場で使われる意味を考えると。

『……あの壇上の結界内で行われた事に限り、全てが『行われなかったこと』になるという意味ですか？』

『アルフィさん、正解です！』

行われなかったことになる――全てが夢幻となるということ。

なるほど、これは確かに決闘にお誂《あつら》え向きだ。

『細かい理論は私も知らないんですが、わかりやすく説明すると壇上を覆う結界の内部であれば、お腹に穴が空こうが腕が千切れようが、最悪は原形を留めずにぐちゃぐちゃの、誰がどう見たって「死んでるだろこれ」ってな状態になっても、結界を解除するか結界の外に出てしまえば全て元通りになるというわけです』

説明が酷すぎるが、要点は掴んでいる……のか？

『つまり、本気だしたら相手を死なせてしまうようなヤバげな魔法であっても、結界内で使用するぶんには無問題《のうぷろぶれむ》な訳です！』

無駄に巻き舌だ。

『ちなみに、核さえ無事なら壇上そのものも修復されるのでそちらもご安心ください。じゃんじゃん破壊してもらって結構です』

端的に言えば、後々の事を考えずに全力を出せるという事か。怪我を気にせずに戦えるのは非常にありがたい。

そうこう話が続いている内に、学校長が姿を現す。壇上にあがり、結界の内部に足を踏み入れた。

『ここで学校長の登場！　やはり、今年初の決闘と言うことで、景気付けにこの学校のトップが監督をしてくれるようです。いやぁ、国内でも三指に入る魔法使いの間近で戦えるなんて、羨ましいやら緊張するやら』

そう言うもんか？　どちらかと言えば、この衆人環視の前で戦うことの方が緊張しそうなもんだが。

「……随分と余裕があるな。まさか、僕を舐めているのか？」

青髪《ラトス》の声がこちらに投げられる。

「別にそんなつもりはねぇよ。こう見えても結構モチベーションは上がってるさ」

「ふんっ、どうだか」

俺の答えがお気に召さなかったらしい。青髪は不機嫌そうに鼻を鳴らした。

「この決闘には学校長が監督として立ち会ってくれている。入学試験のように、不正で点を稼げるとは思うなよ！　僕が貴様の化けの皮をはがしてやる！」

ごめん、実技試験の時、学校長もいたわ。

『どうやら選手の間でもボルテージが上がってきたようですね！　ではいよいよ決闘の開始と行きましょうか！　学校長、お願いしまぁぁぁす!!』

俺と青髪は少し離れた位置に立つと、学校長はゆっくりと右腕を振り上げた。

「両者ともに正々堂々と戦うことを私は望みます」

「「…………」」

無言でありながら、俺たちは揃って頷いた。

そして、数秒の沈黙が流れた後に――。

「では――始めて下さい!!」

魔法使いによる闘いの舞台が、幕を開けたのであった。

◆◆◆　ラトス　◆◆◆

決闘の先手を取ったのは、ラトスの水魔法であった。

「『水連射《アクアガトリング》』!!」

投影された魔法陣から圧縮された水の弾丸が連続で射出される。

「防壁《シールド》」

それに対して、リースは冷静に己の魔法陣を投影した。食堂での一件と同じように、水の弾丸は半透明の防壁に衝突すると内包した水分を辺りにまき散らしながら弾け飛ぶ。

『おお、話には聞いていましたが本当にリース選手は防御魔法を使うようですね』

『というか、やつは防御魔法の系統しか使えませんが』

『……それって本当なんですか？　だって、主席合格者でしょ、彼』

さすがに新入生の主席合格者が、魔法の初心者しか使わないような『防御魔法』オンリーだとは実況の彼女《アルフィ》も信じにくいのだろう。疑問の色が強い声をアルフィにぶつけた。それに対して彼は――。

『見ていれば分かりますよ』

と、素っ気なく答えるだけだった。

己の水連射が通じないと見ると、ラトスは歯噛みをした。既にあの防壁に水連射が通じないのは承知していたが、改めて見せつけられると苛立ちが募る。

しかし、一方で想定内でもあった。

「だったらこれでどうだ！　『水榴弾《アクアスプレッド》』！」

水連射でリースの足を釘付けにしていた傍らで投影していた魔法を発動する。水弾《アクアバレット》に爆発力を与えた魔力で、威力は単純に上位互換だった。

それに対して、リースはやはり変わらぬ様子で魔法を投影する。

「防壁」

水弾よりも一回り以上に大きな弾丸が展開された防壁に衝突し、水しぶきを伴う派手な爆発が起こった。だが、半透明の壁の先にいるリースは全くの無傷であった。

これには観客席にも動揺が広がった。

『……私の記憶が正しければ、かつて水榴弾を防壁で防いだという事実は存在しないはずなんですが？』

防御魔法全般の共通した欠点は、魔力消費効率《コストパフォーマンス》の悪さ。一の威力を持った魔力消費量が一の魔法を防ぐのに、三～四の魔力が必要になってくるのだ。そんなコスパの悪い防御魔法に魔力を費やすぐらいなら、攻撃魔法に全力を注いだ方が効率的なのだ。

「――っ、これも防ぐのか。でも、僕がなにも考えずに魔法を使っていたと思ったら大間違いだ!!」

その事実を知ってか知らずか、ラトスはすぐに次の手を発動させた。彼の足下に大きな魔法陣が浮かび上がる。それに呼応するのは、壇上の至る所に出来上がった『水溜まり』。

そしてそれはリースの周囲に特に多く存在していた。

『おおっと、ここで開始早々にラトス選手の大技か!?』

『リースに防がれることを前提に魔法を使い、やつの周囲に多くの水たまりを作るのが目的だったようだ』

ラトスは決闘が開始されてから練り続けていた魔力を解放し、魔法陣へと一気に注ぎ込んだ。

「速攻でケリを付けてやる！　行くぞ！」

第十八話　防壁《シールド》の秘密です――甘くはありません

◆◆◆　学校長　◆◆◆

魔法陣の完成と共に、リースの周囲に異変が起きた。

『な、なんとぉぉぉ！　リース選手の周りにあった水溜まりから、無数の水球がぁぁぁぁ！　こ、これはもしやぁぁぁぁ!?』

興奮気味の実況を耳にしながら、ラトスは勝利を確信した笑みを浮かべる。

この魔法は前段階として相手の周囲に大量の水溜まりを作る必要があるが、リースが防壁《シールド》しか使わなかった事が幸いだった。弾かれた水弾《アクアバレット》は内包する水が解放されることによって、自然な形で水溜まりを作ることが出来たのだから。

彼の持つ魔法の中で切り札の一つ。大量の水弾によって、相手を全方位から穿つ魔法だ。

ラトスは叫ぶ。

「一方向の攻撃は防げても、全方位からの攻撃は防げないだろう！　行け、『水弾牢《バレット・プリズン》』!!」

浮かび上がっていた数多の水球が弾丸となり、余さず中心地にいるリースへと殺到する。

全方位からの攻撃は、リースの逃げ道を潰し、その無数の弾丸を受ける他無い。

――だが、リースの動向に注意を払っていたラトスは、全方位から襲いかかる水の弾丸に晒されながらも彼の口角がつり上がっているのを見てしまった。

「防壁派生――『広域結界《リースフィア》』」

次の瞬間、全方位から襲いかかった筈の無数の弾丸が、リースの周囲に半球の形に展開された『防壁』によって弾き飛ばされた。

「…………………は？」

目の前の光景に対して、ラトスは理解が追いつかずに意味不明の言葉を漏らした。そしてそれは観客席にいる生徒たちも同様だった。

『ど、どどどどういう事でしょうか⁉　ラトス選手の操る数え切れないほどの水弾が、突如として出現した半透明な壁によって防がれてしまいましたぁぁぁ⁉　こ、これはいったい何なのですかアルフィさん⁉』

『防壁を全方位に展開する派生魔法──『広域結界』です』

『で、ででは、あれも防御魔法⁉　え、嘘でしょう？　あんな大きな防壁を展開したら、魔力なんて一瞬で尽きるはずですよ⁉』

会場内に響きわたった声に、ラトスも我に返った。しかし、改めてリースの方を向くが、彼は未だに二本の足でしっかりと地を踏みしめている。しかも、魔力の枯渇による疲弊の様子が全くない。

『……一つの種明かしをしておきましょうか。おそらく、奴《リース》も〝それ〟を望んでいるでしょう』

「さすが親友、良く分かってる」

浮かんでいる笑みに強がりが含まれていないのは、正面にいるラトスが誰より理解できていた。あれだけの防御魔法を使用したのに、本当に消耗していないのだ。

『よく見て下さい。リースの周囲に張り巡らされている防壁──広域結界は、正確には綺麗な半球型ではない筈です』

会場の注目はリースの広域結界に集中した。確かに、半透明の防壁は綺麗な弧を描いてはおらず、実は複数の『面』が複数に組み合わさった形でリースを覆っていた。

『……なにやら六角形の板が合体したように見えますね』

『実際には、あの六角形はさらに細かな六角形が集合して出来上がったものです。あれは「ハニカム構造」と呼ばれる仕組みです』

『ハニカム構造？　なにやら甘そうな名前ですね』

ハニカム構造とはまさしく蜂の巣《ハニカム》を参考に考え出された『技術』だ。

薄い二枚の板の間に複数の六角形を隙間無く組み合わせて作り出した板を挟むことによって、単純に一枚の壁を作り出すよりも遙かに軽量ながら高い強度を発揮するのである。

『細かい理論はよく分かりませんが、何となくすごいのは分かりました。で、実際にはどんな感じでしょうか？』

『結論から言えば、同じ強度の防壁を作るのに比べて、ハニカム構造をした防壁に消費する魔力は四分の一以下に収まる』

『はぁ……四分の一……──ッ⁉　よ、四分の一ぃぃぃぃぃぃッッ⁉』

驚愕の事実がもたらされ、実況が悲鳴を上げた。長年問題視されていた防御魔法の重大な欠点の一つが覆されてしまったのだから無理もない。

『あいつの使う防壁には全てがハニカム構造。大量に防壁を使ってもリースが簡単にガス欠を起こさない理由の一つです』

もちろん、このハニカム構造には大きな欠点が一つだけ存在していた。それは、単純に一枚板の防壁を展開するよりも複雑な魔法陣を投影しなければならない。

しかし、それさえどうにかしてしまえば、劣悪だった魔力消費の効率《パフォーマンス》は他の属性と大差なくなってしまうのだ。

（しかし、だとしても未だに疑問は残る）

ハニカム構造という名称にこそ辿り着かなかったが、学校長はリースの防壁が六角形の集合体であるのは事前に突き止めていた。森の奥に住まう大賢者に会った後、学校に戻り次第にありとあらゆる可能性を模索した結果だ。その辺りはさすが国家を支える魔法使いの一人であろう。ハニカム構造に非常に似通った仕組みを乗せた文献を見つけだしていた。

だが、全ての疑問に解を出せたわけではなかった。

（どれだけ複雑な投影でも、その速度は訓練次第でどうにでもなる。しかし、リース君の根本的な内包魔力は他の生徒よりも大きく劣っているはず。いくら魔力の効率問題が解消されたとしても、あれだけ防壁を乱発したらあっという間に魔力が尽きる）

学校長が見守る中、決闘はなおも続く。

「――ッ、だからどうした!!　いくら防御魔法が使えても攻撃ができなければ意味がない！」

「おう、そうさな」

広域結界を解除したリースが、構えを取った。

「今度は俺の番だ」

腰を落とし、利き足を後ろ側にしてバネを作る。

「一撃で終わってくれるなよ？」

第十九話　攻撃開始――種も仕掛けも捻りもないです

「くっ――水連射《アクアガトリング》!!」

ラトスは咄嗟に水の弾丸を連射した。

――ズダンッッ!!

突如として、リースの姿が消失し、目標を失った水連射は空を突き抜けた。

――バシャンッ。

背後から水が弾ける音に、ラトスは勘が命ずるままに魔法を発動した。

「『水流走《アクアドライブ》!!』」

停止状態から一気に加速したラトス。本来は水の上を走る魔法だが、水浸しの地面であればその上を高速で移動することも可能だ。そして、この魔法を選択したのは実に正しかった。

「うぉおらぁぁぁっっ!!」

何せラトスが半秒前まで立っていた場所に、リースの蹴りが通り過ぎていたからだ。僅かでも退避が遅れていれば直撃を受けていたに違いない。

「逃がすか――よぉっ!!」

――ズダンッッ!!

重苦しい音が壇上に木霊すると同時にリースの姿が消失。気が付けばまたしてもリースはラトスの間近に出現している。

ラトスは水流走で距離を取りながら水属性魔法を放つがそのどれもが空を切り、回避された次の瞬間にはリースの姿が付近に現れる。

『リース選手が消えたり現れたりしています!!　こ、これはどういうことですかアルフィさん⁉』

『アレは種も仕掛けもなく、単なる力技です』

『……せつめいぷりーずです』

解説の意味が全く分からず、実況はかろうじて声を絞り出した。

アルフィはつまらなそうに。

『説明もなにも、全力で地面を蹴って移動してるだけです』

消えたり現れたりして見えるのは、単純に見ている人間の認識を大きく越えた速度で移動しているだけの話。

言葉にすれば簡単だが、とんでもない事実であった。

『…………彼は本当に人間ですか』

『幼馴染みの俺も、たまに不安になります』

「おいこらアルフィィィィ‼　お前は時たま俺に辛辣すぎるぞ‼」

『やかましいぞこの歩く常識破り‼　いいから黙って闘いに集中してろ馬鹿野郎‼』

急停止したリースが実況席に向けて叫ぶが、対して実況席のアルフィも拡声の魔術具を掴むと大声で言い返した。

傍らでそのやりとりを聞いていた実況は「この二人仲良いな」と率直な感想を口にして

いた。

それはさておき、リースが足を止めた事に変わりない。回避に徹していたラトスにとっては千載一遇のチャンスであった。

「唸れ水流!!」

「ん？――ぅぅぉぉぉおおおおおっっ!?」

リースの足下――大きな水溜まりから、ラトスの魔法によって水柱が発生。飲み込まれたリースはそのまま水柱の流れに巻き込まれ、空中へと高らかに放り出されてしまった。

『ラトス選手！　ここでリース選手の一瞬の隙をついて反撃です！　なんかアルフィさんが原因だったような気がしなくもないですけど！』

『…………………………』

――アルフィは黙り込んでしまった。

「攻撃魔法が通用しないのなら、場外に押し出すまでだ!!」

いくら防御魔法で魔法の威力は殺せても、その勢いの全てを殺しきることはできない。踏ん張りが利く地上ならともかく、空中であるならばなおさらだ。

ラトスはこの短時間で投影できる最大級の魔法を発動した。

「これで今度こそ終わりにしてやる!!　『蒼龍衝破《ドラゴニック・ウェイブ》』!!」

彼の周囲にある水溜まりから一斉に水柱が上がり、一点に集中する。やがてそれは水で形作られた『龍』へと変じ、リースへと襲いかかった。

『ラトス選手がここで水属性の上級魔法を発動！　これはもしや勝負が決まったかぁぁぁぁ!?』

誰もが実況の言葉に疑いを持たなかった。

水の龍は目前。リースを飲み込まんと大口を開いて迫り来る。

「反射《リフレクション》」

リースは些かの迷いもなく魔法を発動。彼の側に反射の効果を秘めた半透明の力場が出現。それは迫る龍のアギトを防ぐにはあまりにも小さすぎるものであった。

それを彼は──。

「ふんぬっ！」

──全力で蹴り抜いた。

水龍が大口を閉じるのとほぼ同時に、壇上に「バゴンッ!!」という破壊音が響きわたった。

誰もがその音に意識を傾け、誰もが言葉を失った。

音の発生源には、円形状に陥没した壇上の中心部には四つん這いになったリースの姿が

あったからだ。

　高らかに打ち上げられたはずのリースが、一瞬にして地上に戻ったのだ。いよいよ瞬間移動の魔法ではないかと疑い始めるほど。

　学園長はリースが何をしたのか理解していた。

（反射を防御に使うのではなく自ら蹴り、反射する衝撃を利用してその場から逃れた⁉）

　理解したが、その発想に驚愕するしかなかった。まさか、防御魔法を防御の目的以外で使用するという考えにこれまで至らなかったからだ。そして考えが至ったからといって真似できるかといえばこれもやはり別問題。反射から返される増幅された衝撃《エネルギー》を余さずに受け止めるための肉体《どだい》がなければ不可能な芸当。

　ラトスは水属性の上級魔法を放った影響で急激に魔力を失い、息を乱していた。そのために、リースが場外ではなく未だ壇上の内側に留まっていることに気が付いていなかった。

　晒された隙を――今度はリースが見逃さなかった。

　――ズダンッ!!

　もはや何度目になるか分からない、地を蹴る音。

　その音がラトスの耳に届いた時。

　リースは彼の懐の奥深くへと進入していた。

右腕が、大きく引き絞られる。

「防壁派生《シールド》――手甲《ガントレット》」

固められた拳の先端に、六角形の防壁が出現した。

「なぁに、死にはしない」

それが何を意味するかを知ったラトスの顔から血の気が引いた。

「ただ――死ぬほど痛いだけだ！」

発射された防壁付きの右ストレートがラトスの胸に直撃。金属が破砕されるような音を響かせながらラトスの躯は後方に大きく吹き飛ばされた。

彼の躯はそのまま地面へと墜落すると、しばらく転がりやがて停止した。

◆◆◆　学校長　終　◆◆◆

第二十話　爆《は》ぜました――あ、決着です

俺は振り抜いた右腕に伝わってきた反動に首を傾げる。

「……なんか胸に仕込んでやがんな」

硬質な何かを強打したような感触だった。

おそらく、制服の裏側に簡易鎧でも着込んでいたのだろう。素手で殴れば痛みが返ってきたかもしれないが、防壁《シールド》で腕を保護して反動を和らげる手甲《ガントレット》を使用していたので問題はなかった。

ただ、鎧一枚分は拳の威力が殺されたはず。本気の一撃ではなかったしまだ気絶もしていないだろう。

俺の予想を証明するように、ラトスはのろのろと立ち上がり始めた。胸を手で押さえて激しくせき込んでいる。よく見ると、リースの拳を受けた付近の制服が損傷し、その内側が露出していた。

——ガランっと、彼の胸元から光沢のある胸当てがこぼれ落ちた。握り拳一つ分の窪みが穿たれている。

案の定、制服の内側に鎧を仕込んでいたようだ。

こちらを睨みつけるラトスの瞳には、まだ強い意志が宿っていた。俺は腰を下ろし、いつでも飛び出せるように構える。簡単に終わってもらっては、こちらとしても面白くないしな。

「────？」

ふと、俺の目がラトスの胸元──鎧に隠れていたさらに内側に吸い込まれた。なにやら白い紐状の布が胴体に幾重にも重なって巻き付いていた。いわゆるサラシというやつだろうか。

ラトスが水連射《アクアガトリング》を投影し、水の弾丸を連射する。追いつめられているのを自覚しているだろうに、投影の精度に揺るぎがない。

疑問はさておき、今は決闘の最中。集中しないと。

俺は地を蹴って跳躍し、躯が宙を舞う。

水連射の弾道は俺の姿を追うように空へと向けられるが、俺は即座に反射《リフレクション》を展開して蹴り抜いた。

増幅された反動を上手に利用しその場から弾かれるように離脱し、水連射の照準から逃れた。

この反射の移動法のおかげで、俺は地上での二次元的な動きだけではなく、空中での三次元的な動きも戦術に取り入れることができるのだ。

この移動法には反射の会得の他にも、反射を蹴り抜いた際の反動を許容できる肉体が必要となってくる。下手に真似すると反射を蹴った足の骨が反動に耐えきれずにへし折れるか、反動を制御しきれずにあらぬ方向へと躯が吹き飛んでしまう。みんな、気をつけろよ。

もちろん、俺はこの移動法を体現できるほどの肉体作りはしてきた。それまでは前述のような悲惨な目にあった。

水連射を回避した俺はさらに反射を蹴り抜き、空中から一直線にラトスへ急接近。体勢を立て直して跳び蹴りを放った。

「く――っそぉぉぉぉ!!」

声を荒げながら、ラトスは辛うじて身をよじった。その為か、俺の蹴りは彼の胸元を掠るだけに留まり、直撃にまでは至らなかった。

――ビリッ!

避けられたとは、ラトスの躯は俺の拳の射程圏内。再び腕に手甲を纏い、その躯に叩き込もうと…………ん、今なんか変な音しなかったか?

音は――ラトスの胸元から聞こえてきた。蹴りが掠めた際に、巻かれていたサラシが破れたのだろうか。どうせなのでもう一発そこに拳を叩き込んでやろうと目を向けると。

……妙に盛り上がってないデスカ?

そして俺の疑問に答えるかのように。

ラトスの胸元が〝爆ぜた〟。

より正確に言い表すのならば、サラシによって強引に押さえ込まれていた『モノ』が、その崩壊とともに勢いよく——爆発的な勢いで解放されたのだ。

男にとっては永遠の憧れ。

愛と夢と希望が詰まった二つの山。

限られた者にしか頂点を拝むことができない尊き山脈。

——どうやら、ラトス君はラトスちゃんだったようです。

……って、冷静になれるわけねぇだろ!!

「おぃぃいいい！　どうなっちゃってんのこれぇぇぇぇ!?」

目の前にこぼれ落ちた『肌色をした二つの山』によって、俺の混乱が一気に加速した。

何が起こったんだ！

いや、分かるんだけど!?

「くっ、水弾《アクアバレット》!!」

「うぉぉっ!?」

普段の訓練が功を成し、至近距離から放たれた水弾を反射的に回避する。

「ちょ、ちょっとタンマ!?」

「決闘の最中に何を血迷ったことを！」

もしかして自分が今どんな状態なのか気づいていないのか!?

うぉぉっ!?　動く度にメッチャ揺れてんですけど！

え、巨乳《カディナ》ちゃんと同じくらいあるんでねぇのあれ!?

って、たわわな揺れ具合に見惚れてる場合じゃねぇな！

少しだけ観客の声に耳を傾けるが、聞こえてくるのは相変わらずの歓声。ラトス――ちゃんの『異変《ポロリ》』に気づいた様子はない。興奮やら何やらでそちらにまで意識が向いていないのか。観客席と壇上の距離が少し離れているのも幸いしているのだろう。

けれども、このまま決闘が続けばいずれ気づく奴が出てくる。あるいはもういるかもしれない。どちらにせよこれ以上時間をかけるのは不味い。

早々にこの決闘を終わらせる必要がある。

仕方がない。ちょっぴり学校長の言いつけを破るが、たぶん許してくれるだろう。

全力で握り潰す。

「反射《リフレクション》、起動《セット》」

俺は足場としてではなく、手の平に反射を展開した。中心部に魔力を注ぎ込み、全力で握り潰す。

固められた拳、その指の隙間から、銀色の光が漏れ出す。

「――ッ、リース君いけません！　それは⁉」

学校長の慌てた声が聞こえてくるが、無視をする。

それに安心してほしい。学校長が危惧するような事態はまず起こらない。

なおも放たれる水属性を掻い潜り、俺は大きく踏み込む。ラトスは慌てて離れようとするが、それよりも俺の方が遙かに動きが早い。

豊かな双丘の少し下、腹部の辺りに右手を構え、握り込んでいた『魔力』を解き放つ。

「『魔力砲《カノン》』！」

――ドガンッ‼

爆裂音と共にラトスの躯が大きく吹き飛んだ。

よほど鍛えていない限りこの衝撃に耐えられる奴はない。確実にラトスの意識は飛んだはずだ。これで後は学校長に勝敗の判定をしてもらえば――。

「――ってやっべ」

確実に気絶させるために威力を高めすぎた。吹き飛ぶ勢いが強すぎて壇上の外に弾き出される。このままではラトスちゃんの豊かすぎる山が衆目観衆の面前に晒される⁉

ところが、俺の心配は杞憂に終わった。

ラトスの躯が壇上を覆っていた『結界』の外に飛び出た瞬間、その姿は決闘に赴く直前の——破損が全くない制服を纏ったそれへと戻っていたからだ。

ハッとなり、俺は壇上に残っていたラトスの簡易鎧に目を向けると、鎧は影も形も存在していなかった。

今更ながらに実況の説明を思い出す。

壇上に展開された結界の内部で起こった出来事に限り、結界から出たり結界が解除された時点で全てが無かったことになる。

壇上の外に落ちたラトスはぱっと見では男子生徒そのものだ。これで彼——じゃなかった、彼女が女性であることは露見しないだろう。

「——まったく、人の注意を聞かない子ですね」

俺がホッと胸をなで下ろしていると、不機嫌そうな学校長がこちらに歩み寄ってくる。

「反則負けにしてもいいんですがね、私は」

「いやぁ……あはははは」

もはや笑って誤魔化すしかない。今更ながら、学校長の言いつけを破った事への不安が押し寄せてきた。

「……まぁ、今回は不問としておきましょう。威力も、どうやら測定場で使ったのと比べてかなり低いようですし」

「あの威力は両手を使わないと出ないんですよ。片手だとあそこまで派手な事にはなりません」

「そういうことも含めて、予め私に知らせて欲しかったのですがね」

はぁ、と一度溜息をついてから、学校長は俺の右手を掴み、天へ向けて高らかに掲げた。

「勝者！　リース・ローヴィス!!」

——こうして、大歓声に包まれながら、一つの決闘が幕を閉じたのであった。

ただ、勝利したにもかかわらず、俺の心には大きな懸念が生じていた。

あのおっぱいはなんだったんだ!?

第二十一話　決闘の後です――『破城槌《はじょうつい》』でした

決闘の余韻が覚めやらぬ内に、俺は学校長室を訪れていた。学校長に聞かなければならないことがあったからだ。

「で、どういうことなんだよ学園長」

「どう、とは何でしょうか？」

「とぼけてんじゃねぇよ。決闘の壇上にはあんたもいただろうが。あのスペシャリィティの溢れる『おっぱい』を見逃していたとは言わせねぇぞ」

俺は学校長に対する敬語も忘れて詰め寄る。

巨乳《カディナ》ちゃんの乳が巨大弩《バリスタ》なら、青髪《ラトス》の乳は破城槌。同じ戦略級でありながらもまた一つ趣の違う乳が――ってそれはどうでもいい。

今朝の食堂で見せたラトスの反応を思い出す。

俺が何気なく口にした『乳』の発言に、ラトスは過剰なまでの反応を見せた。単なる初《う》心《ぶ》な青少年かと思ったが……それは間違いだ。

あれは、普通に恥じらいを持つ『少女』としては当然の反応だったのだ。

ラトスの声も顔の造りも中性的で、見方によって男性にも女性にも見えた。そして男子の制服を着ていたためにずっと『男性』として見方が固定されていた。

だが、俺の中でラトスを男子として見ることはできなくなっていた。

――ラトスは……紛れもない『女の子』だ。

俺の視線を正面から受け止めると、学校長は語り出した。

「……まず始めに言っておきますが、ラトス君は実家であるガノアルク家の嫡男としてジーニアス魔法学校に在籍しています」

「はぁ？　けどあのおっぱいは間違いなく――」

「君の見たモノがどうあれ――」

こちらの言葉に被せる形で学校長が続けた。

「――ラトス君はガノアルク家の『嫡男』であると同時に『次期当主』なのです。少なくとも、明確な証拠がない限りガノアルク家はこの主張を曲げはしないでしょう」

ようやく、遠回しに学校長の言わんとしていたところを理解した
俺は瞑目しながら深呼吸をし、血が上っていた頭を冷却する。

……十分に落ち着きを取り戻したと自覚ができてから、俺はゆっくりと目を開いた。

「……ラトスに他の兄弟は？」

「君は察しがよくて助かります」

学校長は笑みを浮かべてから、すぐ真顔にも戻る。

「優秀な兄が一人いましたが、不慮の事故で既にお亡くなりになっています」

他には下に一人妹がいる、と学校長は付け足した。

俺は思わず天井を仰いだ。

「こんなの、婆さんの家にあった娯楽小説の中ぐらいでしか知らねぇぞおい」

――少なくとも、この学校に通うラトス・ガノアルクは『男』である。

理解はできたが、全てには納得できなかった。

「普段の調子はどうあれ、リース君は頭のよい子ですね。さすがは老師の弟子ですね」

「褒めてんですかねぇそいつぁ」

「もちろん、褒め言葉ですよ」

俺はガシガシと頭を掻いた。

「ラトスの性別《このこと》を知ってるのは？」

「私と君だけです。担任のヒュリア先生も含めて、他の教師も知りません」

俺はもう一度、心を落ち着けようと深呼吸をした。

「……今時、跡継ぎを男子に限るなんて古ぼけた慣習だろうに」

「だとしても、意外とそれにこだわる貴族は多いのですよ。特に、昔から続く名門貴族となれば特に」

俺自身は全く知らなかったが、ガノアルク家はかなり古くから続く水属性魔法使いの名家。そういった古い家ほど、昔からの慣習から抜け出せないとはよく聞く。

「ガノアルク家の事情は、そう単純な話でもないのですがね」

「……あまり聞かない方がいい話ですかね、それは」

「あまりお勧めはしません」

思わせぶりな言い回しだ。俺は深く追及はしなかった。

代わりに問いかけた。

「何でラトスを『男』として入学するのを許したんですか。これって法律的にいろいろとヤバいんじゃ？」

「少なくとも入学手続きに必要だった書類に不備はありませんでした。違ったのはラトス君自身の性別だけです」

「そこはたぶん、一番間違っちゃいけない部分でしょ」

おっぱいの有無は天地開闢の頃からこの世でもっとも重要な要素の一つ。ただ、俺のそんな思いは学校長には届かなかったようだ。

「ガノアルク家の思惑がどうあれ、ラトス君の優れた若き才能を見捨てるのは教育者として非常に躊躇われたのですよ」

事情はどうあれ、学校長の判断に口を出せるほど俺はまだ上等な人間になっていない。口を閉ざすことしかできなかった。

なので、新たに思い浮かんだ疑問を口にする。

「ラトスと俺の決闘を許可したのは何故《あいつ》ですか。さっきみたいに何かあったらラトスの性別は簡単にバレるでしょうに」

ジーニアス魔法学校の中で、ラトスの正しい性別を知っているのは俺と学校長のみだ。

そして俺は本来であるのなら知らなかった側。知る切っ掛けとなったのは先ほどの『決闘』だ。

「その点に関して抜かりはありません。ラトス君の簡易鎧《コルセット》が剥がれた時点で、壇上を覆っていた結界に細工を施しておきました」

「細工って――」

「仮にも国家で三指に入る魔法使いと言われていますからね。このくらいできないと魔法学校の校長なんて役職には就けません」

ふと思ったが、学校長の魔法適性って何なんだ？　入学試験の時に地属性魔法を使っていたのは覚えているが。今はどうでもいいか。

「結界の外側から見ている者にとって、ラトス君の胸元は男性のそれと同じにしか見えなかったはずですよ」

……つまり、あの場でラトスのおっぱいをガン見してしまったのは俺を除いて他にはいないと。俺の役得感と共に、ラトスの『女性』としての尊厳も守られたようで何よりだ。

「それに、君ならたとえラトス君の本当の性別を知ったところで、不必要に吹聴しないと確信していました。違いますか？」

学校長の言うとおり、俺は決闘が終わってからラトスの性別に関しては誰にも喋っていないし、これからも喋るつもりはない。

ただ、何となく見透かされている感じがあまりよろしくない。

「これでも教育者になって長いですからね。ある程度言葉を交わせば、その子の本質というのは何となくですが分かってしまうのですよ」

一見すると年若く見える学校長だが、こういった時には長い年月を生きた人物であると思い知らされる。年季が違う、とはこのことだ。

「そろそろ部屋に戻った方がいいでしょう。入学式からこれまで何かと注目を集めている君だ。こうも頻繁に学校長室を訪ねていては変な噂が立つ」

窓を見れば、夕焼け色に染まっている。まもなく星空が見えてくる頃合いだ。

「……じゃあ、今日は失礼します」

「ええ、お疲れさまです」

俺は釈然としないものを抱きつつ部屋の扉へと向かった。

「あ、リース君」

ドアノブに手をかけられたところで背中に学校長の声が掛けられる。

「言い忘れていましたが、本日は実に有意義な魔法を見させていただきました。本当にありがとうございます」

その言葉を最後に受け取り、俺は学校長室を後にした。

第二十二話　決闘の帰り道です——宣言されました

ジーニアス魔法学校にはその規模に見合う大きな学生寮が存在している。家具こそ必要最低限のベッドや箪笥《タンス》、勉強机しかないがその広さは平民が持つ一軒家の居間よりもさらに広い。貴族出身者が大半である生徒のほとんどは、実家から取り寄せたか都で購入した質の良い調度品を持ち込んでいたりする。

俺は現時点では必要性を感じていなかったので、家具は学校からの支給品をそのまま使っている。ただ、そろそろベッドは上等な物に交換しても良いのではと思い始めている。

幸いに、俺は婆さんから譲り受けた『収納箱《アイテムボックス》』がある。店で購入した後に収納箱に放り込めば人手いらず。部屋でベッドを取り出せばすぐに終わってしまう。

明日の放課後にでも家具屋にでも行くかな――そんな事を漠然と考えながら、学生寮への帰路を歩く。今日は何かと騒がしかったので、多少の疲れも躯に感じていた。

だからだろうか、寮へと続く道の両脇には街路樹が並んでいる。その一本の陰から現れた姿に気がつくのが少し遅れる。

現れたのはラトス。

予感があったわけではないが、俺はさほど驚かなかった。

先程まで続けていた学校長との会話を俺は一旦忘れる。

俺が余計な一言を挟めばややこしいことになるのは目に見えていた。

俺はあえて気軽に声を掛ける。

「よぅ、躯の調子はどうだ?」

「……これが調子よく見えるか？」

「実は暗がりで良く見えない」

暗がりでよく見えなかったが、ラトスの顔に苛立ちの色が混ざるのは分かった。

「つい先ほど、学校の医務室で目が覚めたばかりだ。保険医の話では特に異常はなかったらしい……プライドの方はズタズタだよ」

肉体的には決闘で使われた『夢幻の結界』のおかげで無傷のはず。ただ夢幻《ゆめまぼろし》になるのは物理面に限られ、精神面には作用しない。あの結界内であっても痛みは現実のように感じ、気絶すれば覚醒にも時間がかかる。

そして、敗北で植え付けられた屈辱もそのまま残る。

てっきり怒鳴り返してくると思ったが、意外なことにラトスは苛立ちの表情を引っ込めると落ち着いた様子で口を開いた。

「負けた事への悔しさはあるけど、それよりも言っておきたい事がある」

ラトスは俺の前まで歩み寄ると、

「食堂で発した暴言の数々、大変申し訳なかった」

――深々と頭を下げてきた。

予想外の反応にたじろぐ俺を余所に、ラトスは頭を下げたまま続けた。

「君と闘ってみて思い知らされたよ。防御魔法も極めればあれほどまでに強力な魔法となるのだと」

「あ……いや、極めるほど俺も強くはないし……」

反射的に俺は大賢者の姿を思い浮かべた。純粋な体術なら良い勝負だが、魔法込みの総力戦となると俺はまだ婆さんの足下にも及ばない。

「だとしても、君が入学試験で主席合格の座を得たのも十分に頷けた。あれほどまでの実力を持つのなら、決して不可能ではない。不正だハッタリだなんて言葉を口にして、本当に悪かった」

ラトスの謝罪に、俺は背中がこそばゆくなった。防御魔法が認められた事への嬉しさやその他いろいろな感情が混ざってどう答えれば良いのか分からなくなってしまう。

「……分かったから、頭を上げてくれ。正直、人様に頭を下げられる経験がなくてどう反応していいのか迷う」

「こちらの謝罪を受け入れてもらった、そう捉えてもかまわないかな？」

「それで良いから」

とりあえず頭を上げて欲しくて、俺はつい投げやりに答えてしまった。元々、ラトスに思うところはさほど無かった。この学校に入学してから向けられると予想していた生徒の反応の域を越えていなかった。一々気にしていてはこの先やってられない。

ラトスはホッと息を吐くと頭を上げた。

「けど、これで終わったと思うなよ」

ただ、次の反応が俺の予想を少し超えていた。

「確かに君の防御魔法が凄いのは認める。今日の敗北も屈辱も僕が未熟だったが故だ。甘んじて受け入れよう」

ラトスはビシっとこちらを指さして言い放った。

「でも勘違いするな。これは黙って引き下がるという意味じゃない。今日は負けたが、いずれはこの僕――ラトス・ガノアルクが君に勝利する！　それまで、せいぜい他の者に負けぬように精進しておけ！」

それだけ言い残すと、ラトスはこちらの返事も待たずに背を向けて立ち去った。

その背中を眺めながら、俺は噛み殺した笑みを漏らす。

学校長からラトスの取り巻く環境を聞かされて、俺は大きな不快感を覚えていた。当人の意志を無視して偽りを演じさせるガノアルク家に激しい苛立ちを感じていた。

――今のラトスを見てその気持ちが薄れた。

ガノアルク家の思惑によって、性別を偽りながらジーニアス魔法学校に入学したのは紛れもない事実だろう。

だが、俺に敗北を喫したはずのラトスは、非常に前向きだった。

本当のところは俺にだって分からない。性別を偽っていることに何かしら思うところはあるかもしれない。

しかし、そうであったとしても、俺に見せつけた気概は本物。今日の敗北をバネに、さらなる高見を目指そうとする意志の強さを感じさせた。現状に大きな不満を抱えていてはあの顔は無理だろう。

ガノアルク家の事情が何であろうとも、ラトスはいずれ俺を打ち倒すと宣言した。だったら、俺が変に気を回しても余計なお節介だ。

……あの破城槌級のおっぱいを日頃から拝めないのは非常に悔やまれるが、そこはさすがに自重しよう。代わりにノーブルクラス随一を誇る巨大弩級《バリスタ》おっぱいで我慢する。あれはあれで良いものだ。

「良いぜラトス。お前さんが男だろうが女だろうが関係ない。挑んでくるなら相手になってやるさ」

もちろん、次に勝つのも俺だ。

今日の決闘を経て、俺はようやくジーニアス魔法学校の生活が始まったのだと実感したのである。

ただ、寮に帰ってからハタと気がつく。

「あれ？　俺がおっぱい見ちゃったの、もしかして気がついてなくね？」

……………………

第二十三話　アルフィの出番です――見せつけました

――ラトスと俺の闘いが火付けとなったのか、魔法学校では『決闘』というイベントが徐々に活発化していった。

『みなさんご機嫌よう！　此度《こたび》の決闘も私、サラドナ・マクシが務めさせていただきます！　そして解説にはゼスト先生をお迎えしておりまぁぁぁす!!』

『さっさと終わってくんねぇかな。昨日は徹夜で論文まとめてたから、今日はさっさと帰って眠りてぇんだが』

『やる気の欠片も感じられないコメントをどうもありがとうございます！』

実況と解説の温度差が酷いな、と観客席に座る俺は思った。

「うるさい声だな。あの時は気にも止めなかったけど、僕たちの時もこんな感じだったのか？」

「こんな感じだったよ。実況がとにかくハイテンションだった」

魔法学校の校舎内には、規模の大小をあわせると結構な数の『決闘場《アリーナ》』が存在している。俺たちが使ったのは校内でもっとも大きな会場だ。本年度初であり、学校長が立会人というのが大きな要因だ。壇上の広さも観客席の数も学校の中では随一だという。

ただ、あの会場──第一決闘場は頻繁に扱われるものではないらしい。規模が規模だけに管理が大変であり、大きな目玉となる見出しがなければ使用されない。

そんなわけで、普段の決闘に使用されるのはそれよりも小規模な決闘場となる。現在俺たちがいる第三決闘場もその一つ。他にいくつかある決闘場も、他の生徒が使用している。

今、一年生の間では『決闘ブーム』なのだ。

決闘と付くと物騒に聞こえるが、ちょっとした腕試し代わりだろう。教師の監督下であれば全力で魔法を扱える良い機会でもある。

「ゼスト先生は君たち《ノーブルクラス》の担任だったな。あの先生はいつもああなのか？」

「基本的にあれがデフォルトだ。魔法に関しては真面目だから、なんだかんだで解説の仕事もしてくれると思う」

「人は見掛けによらないな」

――既にお察しだと思うが、先程から俺と会話をしているのは、隣の席に座るラトスである。

なにやら決闘をした翌日から何かと絡んでくるようになったのだ。ただ、別に言いがかりを付けてくるとか喧嘩を売ってくるということはなく、学校の廊下ですれ違えば気軽に挨拶をしたり、飯を一緒に食べたりと実に穏やかな絡み方だ。

以前にちょっとだけ見かけた取り巻きの姿はない。ラトスがすっぱりと付き合いを止めたのだ。ガノアルク家の威光に縋ろうとしていたのは見え見えで、食堂での一件《わりこみ》も実は彼らが勝手に気を回しただけにすぎないのだと。

俺の対応が余りにも酷すぎた（解せぬ）ために、ラトスが介入しようとしたらいろいろと引っ込みが付かなくなってしまった、と本人は語っていた。

それから、授業外の時間に何となく一緒にいることが多くなったのだ。

『ここで、選手登場！　先日の決闘にて解説を請け負ってくれたアルフィ・ライトハートさんです！　きゃぁぁぁっ、アルフィ選手がんばってくださぁぁぁい！　私はあなたを応援してますよぉぉぉぉぉ！』

『仕事しろ』

『はい、前回に引き続き、今度はゼスト先生から『仕事しろ』発言をいただきました！　あ、片っぽうの一年生男子選手も一緒に入場していますが、モブ顔なのでこちらはカットします』

それでいいのか実況。贔屓にも程があるだろう。アルフィと一緒に壇上に上がった対戦相手が実況に向けてめっちゃ叫んでるぞ。

……確かに、モブ顔なのは否定できないけど。

「酷い実況だけど、会場は盛り上がってるみたいだね」

「もう面白けりゃぁ何でも良いって空気だな」

そんなわけで、本日の主役はアルフィだ。

まだ決闘が開始されたわけでもないのに、いたるところから女子たちの黄色い歓声がわちゃわちゃと聞こえてくる。

ちっ、これだからイケメンは。

補足しておくと、決闘の原因はまさしく奴《アルフィ》がイケメンだからだ。

平民上がりのくせに並の貴族を遥かに上回る整った顔に、入学試験三位の成績優秀者。

それでいて偉ぶった様子もなく人当たりも良いからそりゃぁ女子から人気が出ない方がおかしい。

同時に、彼の超優良物件《ハイスペック》ぶりに嫉妬を抱く者がいないはずがない。ノーブルクラスの他の男子生徒とはそれなりに仲良くはやっているが、一定数の反発者は必ず出てくる。今回アルフィに決闘を挑んだモブ顔もその内の一人。ノーブルクラスではないが成績は結構良いらしい。

「一発くらい、あのイケメンの顔面にぶち込めることを祈ろう」

「……君たち、同郷の幼馴染みじゃないのかい？」

「ああ、昔からの大親友だ」

大親友であるからこそ、奴のイケメンガユルセナイノ――。

ナゼヤツハアレホドマデニオンナノコニモテルノカ……。

おっと、危うく暗黒面《ダークサイド》に堕ちるところだった。

「で、実際のところ、本当にライトハートって四属性を扱えるのかい？」

「なんだ、まだ疑ってたのか。アルフィが四属性持ちなのはもう一年生の間じゃ有名だぞ」

「だって、歴史を紐解いても、四属性を操る魔法使いなんて数えるほどしかいないんだよ？　それが同世代にいるなんて……聞いただけでハイそうですか、って簡単に受け入れられるはずない」

二属性持ちで将来有望。三属性で天才か化け物。四属性となれば歴史の教科書に出てくる英雄と同等に希少な存在。ラトスの言い分も納得できた。

「じゃあ、今回の決闘でしっかりと目に焼き付けとけ。未来の英雄様の闘いぶりってのをさ」

「未来の……英雄……」

そこまで言ったところで。

『さぁいよいよ決闘の開始です！　アルフィ選手はいったいどのような闘いを見せてくれるのでしょうか。そしてどのようにあのモブ顔一年生を料理するのか！　では立会人の先生、お願いします!!』

――立会人《せんせい》の合図で決闘が開始された。

『おぉおっと、モブ顔選手！　試合開始と同時に速攻だ！　火属性魔法でアルフィ選手を狙い撃つ！　ちょっとぉ！　顔は狙わないで下さいよ顔は！　あのイケメンフェイスを焦がしたら重罪ですよ!!』

『清々しいまでの贔屓っぷりだな』

彼女の次回以降の降板が心配される。

モブ顔の初手は炎弾《フレイムバレット》。最初に様子見として投影速度の優れている初級魔法を使うのは魔法使いとしての基本戦術だ。

ここは同じ初級魔法で相殺し、そこからが本当の闘いが始まる――というのが定石だ。

だが、アルフィが放ったのは火属性魔法の『炎矢《フレイムアロー》』。

モブ顔の炎弾は灼熱の矢に飲み込まれ、その先にいる魔法使いへと迫った。

モブ顔は大慌てで炎矢を回避するも、彼のモブな顔は驚愕に彩られていた。

間違いなく最初に魔法を発動させたのはモブ顔だ。

一方、アルフィはモブ顔の炎弾が放たれた後に魔法の投影を開始し、炎弾よりもワンランク上の火属性魔法である炎矢を放ったのだ。

モブ顔は次に、アルフィが最初に放ったのと同じ炎矢を投影する。

投影速度はアルフィよりも劣っており、彼らはその隙に炎弾でも炎矢を投影し終えることもできたはず。

アルフィはあえて投影が完了するのを待ち、炎矢の完成を確認してから投影を開始。

そして解き放たれたのは――炎槍《フレイムランス》。火属性の上級魔法。

紅蓮の槍が炎矢を飲み込むと、そのままモブ顔の足下に着弾し、炎をまき散らしながら破裂した。貫通力重視の魔法だが、内包した火力は半端ではない。爆発に巻き込まれたモブ顔を吹き飛ばした。

『こいつは凄いな。あの速度で炎槍を投影できる奴なんて、一年生でもそうはいない。上級生でも熟練の奴じゃないと到底追いつけねぇぞ」

『ということはもしや、アルフィ選手はモブ顔選手を上回る火属性魔法の使い手、ということでしょうかゼスト先生』

『投影速度が魔法使いの全てじゃねぇが、少なくとも投影速度は全面的に上回ってるだろうな』

俺は一連の光景を目にした感想は――。

「あの野郎、かなり手加減してやがる」

「確かに……今の炎槍は当てようと思えば可能だったはず。わざと外したみたいだね」

「そうじゃねぇんだが……あ、それもそうなんだけどな」

アルフィが本気を出せば、一瞬で決着《ケリ》が付いたはずだ。なのにわざわざ勝負を引き延ばすとなると――。

「…………?」

壇上にいるアルフィが、不意にこちらへと目を向けた。その視線は、まさしく『俺』を射抜いていた。

――なるほど、俺に対する意趣返しか。

俺の予想はすぐさま現実となった。

対戦者であるモブ顔は言葉を失っていた。

何せ、アルフィの周囲に炎弾、水弾《アクアバレット》。風弾《エアバレット》。そして地属性初級魔法の岩弾《ロック・バレット》が浮かび上がっていたからだ。

『な、なななななんとぉぉぉぉぉぉ!! アルフィ選手の周囲に、四つの属性を宿した魔法が出現しました！ 私は生まれて初めて見ますが、実際に目にしても信じられない気持ちです！ イケメンで四属性持ちとか優良物件すぎるでしょうがぁぁぁぁぁ!! 結婚して!!」

狂った実況内容はともかくとして、一人の魔法使いが四つの属性を操る姿はほとんどの生徒にとっては初めて見る光景だろう。例外は、アルフィと同じノーブルクラスの生徒だけだ。

俺は確信した。

アルフィは、己が四属性魔法使いであることをこの決闘場にいる全ての人間に見せつけているのだ。

俺が第一決闘場でラトスと闘ったとき、防御魔法の力を観客に見せつけたように。

四属性を前に、モブ顔はなけなしの気力を振り絞って新たに魔法を投影し始める。あれで戦意喪失をしない時点でなかなかの胆力だ。

だが次の瞬間に、四つの初級魔法はその全てが中級魔法へと変異した。

入学試験の実技でヒュリアが行った『魔法の書き換え』だ。

あの時よりも数は少ないとはいえ、別々の属性魔法を同時に書き換えるのは異常としか言い表せないだろう。

アルフィの『書き換え』は何度も見てきたが、たまにあいつの頭の中身がどうなっているのかが知りたくなる。

ガキの頃から、アルフィ《あいつ》は常に周りの人間に比べて一歩も二歩も先を歩いている印象があった。魔法を大人に教わったとしても、すぐさまそれを吸収し教えた者よりも上手に扱っていた。

実を言えば、俺が防壁《シールド》に使っている『ハニカム構造』はアルフィからもたらされたものだ。本当に、ああいった知識をどこで仕入れてくるのかが不思議だ。前に聞いた事があったが、はぐらかされたきり教えてくれなかった。

四属性の中級魔法を向けられ、今度こそモブ顔は〝折れた〟。投影の最中だった魔法陣が形を失い、茫然としながら彼は膝を突く。

蓋を開ければ、圧倒的で短時間の結末。

この時点で、アルフィの勝利が確定したのであった。

第二十四話　実は意外と早起きです――ちょっとだけ過去話

◆◆◆　リース　◆◆◆

――リース・ローヴィスの朝は早い。まだ朝日が指さぬ薄暗い夜明け前に彼は目を覚ます。その日が特別なのではなく、常日頃からこの時間帯なのだ。

男子寮の自室に置かれたベッドから身を起こしたリースは、寝間着姿から軽く身なりを整え、欠伸をかみ殺しながら運動に適した私服に着替える。

食堂はまだ開いていないが、代わりに買い置きをしてある消化に優しく栄養価の高い保存食を少しだけ腹に入れた。

寮から外に出る頃には眠気も抜けて思考が明確になってくる。

「さ、今日も張り切っていこうか」

軽い準備運動をすると、リースは朝の日課を開始した。

最初に学校の外回りを走って体力作り。

次に腕立て伏せや背筋、腹筋と躯の各部に負荷を掛けていく。

それが終われば、魔法の制御。防壁《シールド》を繰り返し投影し、反射《リフレクション》で宙を飛び回る。

一通りをこなした後は体術の訓練をひたすら続ける。

「せいやぁぁ‼」

普段の彼からは想像もできないほどの真剣さ。

風を切るように拳が突き出され、空を薙ぎ払うかのような蹴りが放たれる。ただ躯を動かしているだけのはずなのに、まるで軽やかに舞っているかのようだった。

――彼の戦い方《スタイル》は『防御魔法』と『体術』を融合させた、一般の魔法使いとはかけ離れたものだ。特に、攻撃の手段の多くは敵の懐奥深くにまで侵入する必要がある。その戦法を可能とするためには、『肉体』を鍛えることが非常に重要だった。

反射による移動法は、反射する衝撃に耐え切れる脚力とバランス力。手甲《ガントレット》も、その効果を最大限に発揮するには実戦で通用する体捌きが大事。他にも手札はあるが、どれも鍛えられた肉体の存在が前提となっていた。

ジーニアス魔法学校に入学する前から、入学した後も、リースは朝の肉体作りを疎かにしたことはなかった。それも、我武者羅《ガムシャラ》に鍛えるのではない。

『黄泉の森』の森に住まう大賢者の知識によって効率よく論理的に、余分な筋力を付けず理想的な体作りを目的とした訓練となっている。どの訓練が躰のどの部位に負荷を掛けているのか。それにどのような効果が発揮されるのかをリースは常に意識し、結果として肉体的にも精神的にも高いレベルで昇華されていく。

まさに、闘うための肉体を作り出すための鍛錬なのだ。

——そんな日頃の訓練に余念が無いリースではあるが、実は最初から『防御魔法で天下を取る』なんて事を考えていたわけではない。

当初、彼にとって防御魔法は『一番身近にある玩具』であった(その認識は今でもあまり変わっていない)。

防御魔法は初心者向けと呼ばれるだけあって非常に制御が容易い。一番基本的な防壁など、ただ魔力を固めるだけで作り出せてしまうのだ。

やがてほとんどの魔法使いは、防壁を扱う上で必要な魔力制御を体得したらすぐに己の持つ属性に準ずる魔法に専念する。一度でも属性魔法を発動させれば、防御魔法と属性魔法の間にある消費魔力の差に気がつく。そうすれば、もはや防御魔法を扱おうとする気はなくなってしまうのだ。

逆に、リースは防御魔法しか扱えず、だからこそ防御魔法の扱いに熱中していった。

普通の人間であれば落胆するような防御魔法への適性は、彼にとっては「より自由に玩具楽しめる」程度の認識でしかなかった。悲壮感など入る余地はなく、防御魔法の活用法を模索し続ける日々であった。

反射による移動法を思いついたのも、結局のところは「面白そうだったから」という純粋な遊び心からくるもの。そして、この「面白そうな考え」を実現するために始めたのが、彼が毎朝の日課としている体力作り。元々は、闘うためではなく遊び心を満たすために始めたことなのだ。

だが、そんな彼の人生に大きな転機を与えた人物が二人いる。

一人は、魑魅魍魎が跋扈する魔境の深淵に住まう大賢者。

そしてもう一人が、彼の幼馴染みでありお互いを親友《ライバル》と認め合う希代の四属性持ち魔法使い。

アルフィ・ライトハートである。

◆◆◆　アルフィ　◆◆◆

アルフィの朝はベッド《オフトゥン》から脱出する事から始まる。寝付きは良いのだが逆に寝起きが悪く、毎朝起きることに四苦八苦するのだ。

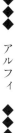

彼はどうにか魅惑の寝床から抜け出すと、寝ぼけ眼《まなこ》をこすりながらボヤいた。

「……高性能《ハイスペック》な躯なのに、どうしてこの寝起きの悪さだけは前世のままなのかな」

周囲に誰もいない為に、彼は胸中の言葉をそのまま口にしていた。仮に誰かがいたとしても彼の発言には首を傾げているだろう。

——十五年と少し前、アルフィ・ライトハートはこの世に生を受けた。

その躯に宿ったのは赤子の魂ではなく、この世界とは全くの別世界——『地球』と呼ばれる世界で、不慮の死を遂げた若者の魂であった。

彼が己を『転生者』であると自覚したのは、物心が付いた頃。

言葉を覚え始める段階で急速に自我が目覚め、同時にここことは別の世界で産まれ、そして死を迎えた記憶があることに気が付いたのだ。

一度目の死を迎える前——つまりは『前世』での彼《アルフィ》は、いわゆる軽文学《ライトノベル》を好んで読む若者であったからだ。

暇さえあれば本を開き、そうでなければ携帯端末《スマホ》でネット小説を愛読する程度であった。

それらの中には『異世界転生』なる物語も描かれており、そのおかげで最小限の混乱で自らの境遇を受け入れたのだ。機械文明が発達した地球から、『魔法』が存在するこの世界の仕組みも、それと同じ理由で容易く受け入れられた。むしろ、魔法という空想の中でしか登場しなかった『神秘』が実在することに狂喜乱舞したほどであった。

己が転生を果たした当初は、自我が目覚めたのが物心付いてからであることに安堵。乳離れする前に自我を目覚め記憶を取り戻していたとすれば、母親に母乳を与えられたりおしめを変えられたりするところまで体験するところだったのだ。それを喜んで受け入れられるほど、アルフィの嗜好は尖っていなかった。

自我を得てからアルフィの内面的な成長は著しいものであった。

一度見聞きした物事は殆ど忘れず、圧倒的な早さでこの世界の言語を覚えていった。文字を覚えてからは近くに存在する本を片っ端から読みあさり、魔法についての情報をとにかく頭の中に詰め込んでいく。

その過程でアルフィは、己が歴史的にも希に見る『四属性』である事を知る。

『異世界転生で高性能《チート》持ちとか、胸熱すぎる《テンプレ》展開だろ、これは』

アルフィが前世で一番好んでいたのがいわゆる『成り上がり』の物語。権力や血筋的に強力な背景を持たない主人公が活躍し、やがては世界的に名を知らしめる存在となる英雄伝記。

かつては憧れ、そして空想に過ぎないと諦めていた夢が、文字通り生まれ変わったことによって夢ではなくなったのだ。

四属性持ちであるのを自覚したアルフィだったが、彼の能力はそれに止まらなかった。『一を聞いて十を知る』を体現するかのように、大人に教わった魔法を短期間で大人以上に上手に使いこなし、さらには別の形に発展させるまでに至った。

魔法だけではなく肉体面でも周囲の子供を大きく引き離し、どのような勝負であっても負けることはなかった。加えて、幼い頃からその美貌は周囲を魅了し、羨望《せんぼう》と嫉妬を大きく集めていた。彼が同世代の子供たちの中心的存在になるのは時間の問題だった。

「よし、まだ『アイツ』はいるだろうな」

水属性魔法『浄化《クリーン》』で躯を清め、動きやすい服装に着替えるとアルフィは寮の外に出た。朝日が照らし始めた頃合いに、清々しい空気を大きく吸い込みながら、彼はある場所へと向かった。

寮から少しだけ歩いた場所にある広場。放課後になれば片隅に置かれているベンチに腰掛け、お喋りを楽しむ女子生徒たちの姿があるが、早朝からお喋りを楽しむ者はいない。けれども、その開けた空間の中で、激しく動き回る男子がいた。

――物心付いてからまさに順風満帆な人生を送っていたアルフィ。

あまりにも優れすぎる能力に嫉妬し、一回り以上大きな子供に喧嘩を売られることはあった。だとしても魔法なしで勝てるほどであり、ましてや魔法を使えばそれこそ大人にも負けないほどに破格の才能を有していた。

だが、順調に見えていた彼の『成り上がり物語《サクセスストーリー》』は、一人の少年によって大きな挫折を迎えるのであった――。

アルフィは一心不乱に躯を動かしている『彼』に声をかけた。

「相変わらず殊勝だな、リース」

「お？　珍しいなアルフィ。おまえ、朝はめちゃくちゃ苦手だったろ。涎《よだれ》の跡ついてんぞ」

「え、嘘!?」

アルフィはとっさに己の口元に手を伸ばす。

「嘘です。いつもながら憎たらしいほどのイケメンだ」

流れるように口に出されたリースの冗談に、アルフィは無言で真顔になった。

…………………………。

「――――（ブォオン!!）」

「無言で殴りかかってくんの止めてくんない!?」

「朝っぱらから下らないことを言うお前が悪い」

己の拳があっさり避けられた事に不満を抱くが、悔しいと思ったことがリースに伝わるのが癪だったのでアルフィは表に出さず胸の内に留めた。

「で、改めて聞くけどどうしたんだ？」

「俺のこの格好を見て分からないのか？」

「勝負下着でないのは間違いない」

…………………………（ブォォン！）。

「武術の授業がなくて不満だったんだろ？　久々に付き合ってやるよ」

「そいつぁ嬉しいが笑顔浮かべながらハイキックすんなよ⁉　すんげぇ怖いから‼」

悲鳴を上げながら、それでもどうにか顔面狙いの蹴りを回避するリース。口では情けない台詞を叫びつつも、身のこなしは見事としか言いようがない。ただ回避するだけではなく、即座に次の行動に移れるように重心移動をしっかりと行っていた。

そこから、なし崩し的に二人の組み手が開始する。

「魔法は無しだよな？」

「当たり前だ。俺とお前が本気を出したら、この広場なんて影も形もなくなるぞ」

「ごもっとも」

二人に関して全く知らない者がこの光景を目撃すれば、彼らが本当は『魔法使い』であると信じられなかっただろう。武道家と言われれば素直に納得できるほど、リースとアルフィの動きは苛烈を極めていた。

「今日こそその腹立つ顔に一発は入れてやるからな！」

「おい！　趣旨変わってるぞ!?」

「やることはどうせ一緒だ!!」

言い合いを重ねる間にも、拳や蹴りが絶え間なく交錯していく。

――アルフィは幼い頃、一人の少年に敗北した。

自分と同じ日に産まれたというだけの、どこにでもいるような普通の少年。世間では『初心者向け』とされて不遇な扱いを受ける『防御魔法』に適性を持つ落ちこぼれ。

彼は思い知ることになった。

『たった一つだけ』を極め続けた者の真の恐ろしさ。

己の希有な才能など些細な問題と一蹴する存在。

それが、リース・ローヴィスという少年であったのだ。

――アルフィはこの出会いを呪い、そして感謝した。

だが今は……。

「上等だ！　だったらそのイケメンフェイスにぶっこんだらぁぁぁ!!」

「やれるものならやってみろぉぉぉぉ!!」

朝日を浴びながら、二人は実に楽しげに拳を振るいあっていた。

◆◆◆　アルフィ　終　◆◆◆

第二十五話　まだ始まったばかりです——切なくて言葉が出ない

——俺には最近、悩みがある。

「……解せぬ」

「いきなり唐突だね君は」

「あんまり相手にしない方が良いぞ。リースの戯言は気にするだけ無駄だ」

「ふーん、そうなんだ。じゃ、いっか」

「お前ら俺に対して酷すぎない⁉」

「『普段のお前《君》の態度がむしろ酷すぎる』」

微妙に長い台詞が殆ど合致しただと！　そんなに酷いか？

俺とアルフィ、そこにラトスが加わり、もはやおなじみのメンバーとなりつつあった。

放課後になり、何となくで食堂に赴き席に着いたのだが……。

「『自覚無いのが更に性質《タチ》が悪い』」

「だから何で綺麗にハモるよ！　お前ら仲良いな⁉」

俺がつぶやいた一言に対して彼らの対応が予想を超えて酷かった。

「これまで何度か挑まれた決闘には大して苦戦することなく完勝。授業でも教師の質問にはきっちりと答えて、主席合格であることに恥じない姿を見せつけてるリース・ローヴィスが、どうして現状に不満を持つんだ？」

「……聞いてると、少しイラっとくるね」

「俺も口にしてて少しイラっとした」

さっきからアルフィとラトスが冷たい。

というか――。

「俺の不機嫌はお前らが原因だよ‼」

両手でテーブルを叩くと、俺は二人の『後ろ』を指さした。首を傾げる二人は一旦顔を見合わせてから、背後を振り返る。

――辺りに黄色い歓声が響きわたった。

ついに俺は耐えきれずに叫ぶ。

「どうしてお前らの後ろにはそんなに女子が大量にいるの‼　俺の後ろはがらがらだ

ぞ!!」

彼らの後方の座席は女子率が異様に高く、さらに密集率もこれまた高かった。誰もがアルフィとラトスの甘い顔に魅了《ますく》された者ばかりだ。

アルフィとラトスは女子たちの甲高い声に嫌な顔一つせず、むしろ柔らかい笑みを浮かべて手を小さく振った。

途端、女子たちの何割かが顔を真っ赤にし、また何割かが鼻に手を当てた。押さえた手の間から鼻血がでているのが見える。そして最後の何割かが恍惚な笑みを浮かべたまま気を失った。

リアクション多彩だな。そして二人の無駄に達者なイケメン対応にイラっとした。

本当は理解している。

アルフィは故郷の村にいた頃から女子に囲まれていたので、俺としてはもはや慣れたものだ。ラトスにしたって、中身は女の子《アレ》だが男子用の制服を着ているし顔も中性的に整っている。先入観さえなければ普通にかっこいい男子生徒にも見えるだろう。

(外見的には)イケメン男子が二人も集えば、この騒ぎも当然の帰結なのかもしれない。

……だとしても、羨ましいのには変わりない。俺だって女子からの黄色い歓声は欲しいのだ。

というか、たまに女子から嫉妬の目で見られているのは恐らく気のせいではない。おい、俺は男の子ですよ。何で嫉妬《そんな》の目で見てくるんですか？

「彼女が――欲しい!!」

「少なくとも、そう言っている内はできないんじゃないのか？」

「うるせぇぇぇなぁぁぁ！　イケメンは良いよなモテてよぉぉぉぉ！　可愛い子いたら紹介してくださいお願いします！」

「……怒っているのか卑屈になっているか分からない反応だね」

アルフィに頭を下げる俺を目に、ラトスが冷静につっこむ。

「切実なんだよ！　もの凄く！」

血涙を流さんばかりの勢いで答えると、ラトスは急にこちらから視線を外し、己の指を弄り始めた。

「……さ、参考までに聞くけど……き、君はどういったタイプの子が好みなんだ？」

「お？　なになに、ラトスが良い子ちゃん紹介してくれんのか？」

「あ、あくまで参考にだ。い、いずれ紹介するかもしれなかったりしたときに、好みのタイプが分からないと紹介のしようがないだろ」

「そうさな。顔はそりゃ可愛い方が良いけど……」

改めて聞かれるとそれはそれで答えに迷うな。俺はしばらく考えるが、無意識にラトスの『胸元』に目が行った。

「強いて言うなら、胸がおっきな子だと非常に嬉しい」

「……それでどうして僕の方を向くのかな？」

「あ、いや…………別に」

俺は不自然にならないように気を付けながら、ラトスから目を背けた。

——決闘が終わってから数日後、第一決闘場《アリーナ》で行われた闘いに関してそれとなく聞いてみたのだが、予想していたとおり闘いの終盤はよく覚えていなかった。

とどめに放った『一撃《カノン》』の衝撃で記憶が曖昧になっていた。おかげで、俺がラトスの『胸』の奥に隠されていた大きい真実を目撃した事実も覚えていなかったのだ。

なので、ラトスが女の子であると知っているのはこの場では俺だけ。

俺が彼女《ラトス》の性別を知っていると分かれば、ラトスもこれから先の学校生活は送りにくいに違いない。俺はそれも望むところではないので、誰かに伝えるつもりは無い。

「そうか……胸の大きな……」

ラトスは譫言《うわごと》のように呟きながら己の胸元を触った。

……おい、人がせっかく秘密にしようと思ってるのに、意味深な真似するなよ。その奥に特大の秘密が格納されてるのは知ってるから。ほら、隣のアルフィが変な顔してるだろ。言いたいのに言えないもどかしさを誤魔化すため、俺は天井を見上げた。

――チリッ……。

不意に、背中に注がれる強い視線を感じ取った。

振り返った放課後の食堂は、勉強をしたり茶を飲んだりする生徒たちがまばらにいる程度。だが、食堂の片隅に、こちらを睨みつけてくる生徒の集団があった。見たことのない生徒だが、睨みつけてくる原因は予想できる。

――ラトスとの決闘で、多少は防御魔法の『可能性』とやらをある程度見せつけることはできた……と思う。

周囲から向けられる侮蔑の視線は格段に減った。これは間違いない。ノーブルクラスの同級生からも、以前より気軽に声を掛けられるようになった。皆、俺とラトスの決闘を観客席で目撃した者たちだ。

ただ、全生徒の認識を変えられた訳ではない。

第一決闘場に集まった生徒は多かったが、それでも一年生の中でもあの決闘を見なかった者はかなりいる。俺の噂は耳に届いていたとしても、素直に信じられるかといえば答えは否だろう。それに、あの決闘を見た者の中にも、平民が名をあげるのを良しとしない者はいるはず。加えてそれまで『役立たず』とされていた防御魔法の使い手だ。受け入れ難いのは仕方がないのかもしれない。

俺を睨みつけてきた生徒たちもその手合いだろう。加えて俺は平民でありジーニアスに通う生徒の大半は貴族出身者だ。

こちらの視線に気が付くとおもしろくなさそうな顔をして食堂から去っていった。

「どうしたリース？」

「……いんや、何でもない――」

アルフィの声に俺は首を横に振った。

焦ることはない。まだジーニアス魔法学校での生活は始まったばかりだ。今後に機会はいくらでもある。

防御魔法が伊達ではないことを証明し、そして防御魔法で天下を取るのだ。その道が険しいのは承知の上。

だとしても、もし何時の日かそれを達成することが出来たのとすれば。

――これほど痛快な事はないだろう。

……そんなことを考えて、俺は視線を戻すと――アルフィとラトスの背後に集まる女子たちの姿が目に入った。ねぇ、なんかさっきよりも増えてません？

もう一度振り返れば、やはりがらがら。
更に視線を戻せば、女子がいっぱい。
……この差は何なんでしょうね本当に。
切なくなってきちゃうぜ。

第二十六話　一年生の間で話題です——おや、誰か忘れてません？

◆◆◆　カディナ　◆◆◆

学校生活が始まって一ヶ月近く。
一年生の間ではとある三名の話題で持ちきりだった。
——一人は、リース・ローヴィス。
平民の出であり、落ちこぼれの代名詞とも言える『防御魔法』の適性を持ちながら、ジーニアス魔法学校への主席合格を成し遂げた異端児。

魔法使いとしては異端な戦い方ではあるが、その実力を今年度最初に行われた決闘で多くの観客——生徒たちに知らしめた。

防壁《シールド》に用いられたハニカム構造。それを大いに活用した広域結界《スフィア》。さらには反射《リフレクション》を利用した三次元的な戦闘機動。どれもがこれまでにない防御魔法の運用法だ。

入学式での不遜な宣言は決して虚勢《ハッタリ》ではなかったのだと見せつけるような全く圧倒的な戦闘能力を発揮したのだった。

また、そのふざけた言動や態度に反して、学業面でも非常に優秀な成績を残している。

平民出身であるために、貴族の教養面に関する授業では後れをとっているが、その他の科目では主席合格者に恥じぬ結果を出している。特に歴史の授業では時折教師顔負けの知識を披露することもあった。


——二人目はアルフィ・ライトハート。

こちらもリースと同じく平民の出身でありながら『四属性持ち』という世界的に見ても希有な存在であり、魔法使いとしての能力は一年生の中でもトップレベル。

『決闘』も何度か挑まれるもその全てにおいて圧倒的な実力者で勝ちを得ている。実際に四属性を同時に操った光景は、『未来の英雄』の姿を彷彿とさせるほどであった。
加えてルックスもそこらの貴族も裸足で逃げるほど整っており、その上で好青年。学業面に関しても優秀と、非の打ち所を見つける方が難しい。現時点で女子生徒からの高い人気を誇っている。男子生徒も一部は嫉妬の目を向けるが、その大半は彼の人当たりの良さに好感を抱いていた。

――三人目はラトス・ガノアルク。

彼はリースに決闘を挑んだ事で有名になっていた。ただ、それは決して侮りを込めての事ではなく、むしろ、あれほど異端な戦いをしたリースを前にして果敢に挑む姿が多くの賞賛を浴びていた。
魔法の残滓《ざんし》（水溜まり等）を利用し、上級の魔法を素早く発動させる巧みな腕前が高い評価を得ている。実力で言えば（リースやアルフィを除いて）ノーブルクラスの生徒に比肩するほどのものであるとされていた。今後の成績の行方次第ではノーブルクラス入りも決して夢ではないと噂されている。

そして、時には女とさえ見間違えてしまうような容姿も話題を呼んでいた。アルフィとはまた違った方向性で女子から高い人気を誇っており、アルフィと揃っているとその場に女子達の群ができあがるほどだ。

――なお、リースに対する女子の黄色い悲鳴はまだ無い。

この三人の話題ではあったが、一年生の全員が快く受け止めているわけではなかった。逆に、大きな不満を抱えている生徒も存在していた。

「非常に不愉快で仕方がないわ」

――カディナ・アルファイアもその一人であった。

彼女は自室の席に座り紅茶を飲んでいたが、その顔には素人目にも明らかな苛立ちが浮かび上がっていた。

ジーニアス魔法学校に通う生徒の大半は、魔法使いとして優れた血筋を有する名門貴族の出身。

その中でも、カディナの実家であるアルファイア家は優秀な風属性魔法使いを多く輩出してきた名門中の名門。

名門・オブ・ザ・名門だ。

父親は既に現役を引退し家督を嫡男である息子に譲っているが、過去には他国との戦時において勇名を馳せた猛者。第一線からは退きながらも、未だに国内での大きな発言力を持っている。

現当主である嫡男――カディナの兄は、国軍の要《かなめ》の戦力である『魔法騎士団』の一つを率いている。それだけではなく彼も過去にジーニアス魔法学校に通っており、主席で卒業している。

彼女の下にも幼い弟がおり、既に優秀な才能の片鱗を見せている。

『エリート家系』という称号がこれほど似合う家庭もそうはないだろう。

アルファイア家の血と、その血を引く自身に対して、カディナは誇りを持っていた。いずれは兄と同じく主席でジーニアス魔法学校を卒業し、騎士団へと入団して兄の補佐をするのが彼女の夢であった。

――その第一歩として目指したのが、魔法学校への入学試験。その主席合格だ。

彼女は名門であるが故の勝ち気な気質は持っていたが、才能に胡座を掻くような愚者ではなかった。ジーニアスに入学する前に通う中等学校では常にトップの座を維持し、そのための努力を怠らなかった。

けれども、将来への踏み台となるべき最初の一歩は、初っ端から暗礁に乗り上げていた。

他ならぬリースという平民の存在によってだ。

入学試験では主席合格を逃し。

魔力測定では己に匹敵する魔力量。

威力測定では得体の知れない魔法の発動。

先日の『決闘』では、魔法使いの定石からかけ離れた戦闘法を見せつけられた。リースの魔法を詳しく探るためにカディナも第一決闘場《アリーナ》での試合は観戦していたが、威力測定時に見せた魔法の真実を見いだすには至らなかった。

それでも、リースの強さの一端を知ることは出来た。

あの日の決闘が終わった時点で、カディナはリースに対する嘲りを捨て去り、そして受け入れた。

リースの主席合格に嘘偽りは無く、なるべくしてなった結果なのだと。防御魔法の使い手であり平民の出身であろうとも、それは彼の一部であって全てではないのだと。

――だからといって、彼の全てを許容できるかは別問題であった。

「どうして、一年生の間で話題になっている者の中に私がいないの――――ッ!!」

空になった紅茶のカップをテーブル上の受け皿《ソーサー》に戻すが、苛立ちが指先から伝わり音を立ててしまった。カディナはその音に更に顔をしかめる。

リースとアルフィが話題にあがっているのは――まだ理解できる。どちらも挑まれた決闘にて圧倒的な能力を発揮した。彼らに対抗できる一年生は、カディナを含めて極僅かだろう。

ラトスも、リースに負けてしまったが見事な魔法の腕を発揮した。見た目的にも人気がでるのは納得できる。

……ただどうしてか、ラトスの姿を見ているとカディナは毎回のように言い表せない違和感を覚えていた。全く根拠はなかったが、いつも首を傾げてしまう。

彼らが話題にあがるのはまだ分かる。

なのに、名家という背景《ブランド》を持ち、主席合格は逃しつつも次席を得た己《カディナ》がどうして話題にならないのかが腹立たしかった。

進んで名前を喧伝するつもりも、権力を笠に着るつもりは毛頭無い。そんな真似は誉れ高きアルファイア家の名に泥を塗る。寧ろ、その手合いはカディナが忌み嫌う行為の一つだ。

「だとしても、このままではこのカディナ・アルファイアが話題の三人に劣っているようではないですか！」

――カディナが苛立っている最大の原因はこれであった。

ノーブルクラスではないラトスが話題になっているのに、なぜノーブルクラス次席である己がそうでないのか。

彼女も誇りやなんやといっても多感なお年頃に代わりはない。同世代に対しての嫉妬心を抱くのは自然だった。

リース、アルフィ、ラトスが話題になった大きな理由の一つは、決闘でその実力を観客(＝生徒)に知らしめたからに他ならない。ならば、自らも決闘を行い、実力のほどをアピールすればいいのだ。

なのに――。

「どうして誰も私の挑戦を受け入れてくれないの⁉」

彼女が苛立っている理由の次点がこれである。

リースたちと同じく、決闘を行い実力を見せつけようにも、カディナは決闘を挑んだ相手に悉《ことごと》く断られているのである。

決闘を教師に申請するには決闘を行う二人の同意が必要となってくる。

当然であった。

一番の話題に上がっていないだけで、カディナの存在は一年生全体に知れ渡っている。

アルファイア家の名だけにとどまらず、彼女自身の優秀さはジーニアス魔法学校に入学する前、中等学校の頃から有名であった。

そんな超優良血統《サラブレット》と勝負をしたとしても、勝敗の行方は火を見るより明らか。負けがほぼ確定している戦いに挑もうとする気概のある生徒はなかなかいない。

更に言えば、カディナの同世代の少女達よりも飛び抜けた美貌の持ち主だ。圧倒的な存在感を誇る胸元でありながら、非常にバランスの取れた容姿に男性は当然として同性からも羨望の対象となっている。惜しむらくは本人は『多少は良い』程度の認識であり、己の美貌にあまり自覚が無いことである。

飛び抜けた実力と、やはり飛び抜けた容姿の持ち主に挑まれたら誰だって気後れする。恐れ多いとさえ思われているだろう。

以上の二点が、彼女が決闘を未だに行えない原因であった。

容姿に関しては無自覚にしても、カディナとて愚かではない。原因の一端が己の優秀さであるのは察していた。似たような経験が中等学校の時代にもあったからだ。

実は、決闘の申し出を受け入れてくれる一年生に心当たりはあった。

――リース・ローヴィス。

――アルフィ・ライトハート。

――ラトス・ガノアルク。


他ならぬこの三名だ。

特にリースは入学式で派手に『掛かってこい』と宣伝していたのだ。決闘を挑まれて断るはずがない。逆に嬉々として受け入れてくれるだろう。アルフィにしたって実力的には問題無い。ラトスも、リースとの戦いぶりを見るに挑戦を無下にはしないはずだ。

彼らに挑み勝利すれば、彼女の名も一年生の間に響き話題を独占すること間違い無しだ。

勝利できればと、前置きがつく。

悔しい事に、リースとアルフィは未だに底が見えない。どちらも何度か決闘を行っておりその都度観戦していたが、二人とも明らかに余力を残した勝利ばかりだ。

カディナは自らの能力にプライドを持っていたが、自惚れ屋ではなかった。少なくとも、『本気の片鱗』を掴むまでは無策に挑むべきではない。このままでは二人に勝利するのは難しい。苦戦を強いられるのは目に見えていた。

ラトスは――彼に対しては何故か挑む気になれない。カディナの目から見てもラトスは優れた容姿を持っていたが、それに絆《ほだ》されたのではないと断言できる。なのに、彼の顔を見るとどうにも意欲が殺《そ》がれてしまうのだ。

とにかく、彼ら三人に対して、現状では様子見しかない。

だがそれではカディナが決闘を行う機会がない。

現状、手の打ちようがなかった。

だが――。

「良いです。今は素直に引き下がりましょう」

簡単に諦めては、アルファイア家の名が廃る。

カディナは椅子から立ち上がると、窓を大きく開け放った。

「ですが、いずれ私が一年生のトップに君臨し、やがてはジーニアスの頂点を飾るわ。首を洗って待っていなさい、三人とも！」

――ハァーッ、ハッハッハッハッハ!!

この日、女子寮全域に、謎の高笑いが木霊したという。

カディナ・アルファイア。花も恥じらうお年頃ながら。

……ちょっとだけ、脳筋であった。

◆◆◆　カディナ　終　◆◆◆

番外編　チョットだけ実家に帰ります――村の人とか家族のお話

都から故郷までの道程は、馬車で一週間以上も掛かる距離にある。普通に考えれば長期の休みにしか帰れないような場所だ。だが、俺には跳躍《ステップ》がある。

これは、厳密に言えば魔法ではなく反射《リフレクション》を使った空中機動の総称。衝撃を増幅する力場を蹴り抜き、返ってきた反動を利用して躯を弾き飛ばすことで空中を動き回ることができる。

反射の係数を上げればそれだけ返ってくる衝撃も強くなり、素早い移動が可能になる。だが、それだけ姿勢制御や小回りも利かなくなるので、ある程度の限度が出てくる。

だが、直線に限るなら馬の全速力を越えた速度を体力の続く限り維持できる。しかも空中を駆けるおかげで、地形を無視してほぼ一直線で目的地に向かうことができるのだ。

おかげで、俺は都から故郷の町まで数時間でたどり着くことが出来るのだ。それでも数時間が掛かるのは、俺の町がド田舎なので諦めるしかない。

そんなわけで、学校生活も一ヶ月以上経過したので、俺は町にある実家へ帰郷する事にした。

ジーニアス魔法学校は一週間のうち、五日間は授業日で週末の二日は休日という体制をとっている。それを利用し、俺は休日一日目の朝に学校を出発した。

――町に着いたのは昼の少し前だ。

さすがに町の真ん中に空中から着地すると騒ぎになるので、少し離れた場所に降り立つ。

「長距離移動はさすがに疲れるわな」

体力的な疲労と共に、魔力不足の脱力感が躯に押し寄せる。

俺は大きく息を吸い込んだ。

「あぁぁ、空気が美味い」

都は人が多く自然が少ない為か、空気が不味い。その点、故郷の町は豊かな自然に囲まれているので空気が本当に美味しく感じられた。

何度か深呼吸をすれば、躯にのし掛かっていた脱力感は解消され、新鮮な空気も相まって身も心も爽快になった。

「婆さんに会うのは夕方にするとして、まずは家の方に顔出すか」

気分も一新した俺は町の方へと足を向けた。

数分もすれば懐かしき我が故郷の姿が見えてくる。

たかが一ヶ月程度ではあったが、都での——学校での生活が濃密だったせいか、気分的には半年以上帰っていないような不思議な気分になる。

「あ、あんたリースじゃないの！」

町に入ってしばらくすると声を掛けられた。幼馴染みで顔見知りの女の子だ。

家は雑貨屋を営んでおり、美麗ではないが愛嬌のある顔立ちの看板娘だ。店頭の品を整理しているところに俺が通りかかったところだ。

慌てたように駆け寄ってくる彼女に、俺は気軽に返事をした。

「おう、一ヶ月ぶり」

「『おう、一ヶ月ぶり』じゃないわよ！　一ヶ月も顔見せないで今までなにやってたのさ⁉」

「アルフィと同じ学校に通うって言っただろ」

「あれって冗談じゃなかったの⁉」

冗談だと思われていたらしい。

「いや、だってさ。アルフィが町を出発した翌日にいきなり『都の学校に通います』なんて。あまりにも軽いノリだったから、てっきりいつもの冗談かと思って……」

「つか、ウチの家族からはなにも聞いてないのかよ」

町の人間には軽めに伝わってしまったようだが、両親と妹には正面からしっかりと事の経緯を説明した。

最初は半信半疑だったが、学校長直々のサインが入った入学許可証と制服を見せることでようやく信じてもらえた。

「おじさんとおばさんは、アンタのことを全く心配してる様子もなく普通に生活してたから、すぐに帰ってくるとばかり思っていたわ……」

親父とお袋には、すんなりとジーニアスに通うことを受け入れてもらえた。人様に迷惑を掛けず、家計の手伝いもある程度すれば他は何をしてもいいというのが我が家の教育方針だ。ついでに言えば、家族仲は非常に良いことも付け足しておこう。

彼らは俺が都に行くことを特に喧伝することもなく、普段通り仲睦まじく暮らしていたようだ。それほど心配はしていなかったが、相変わらず仲が良さそうでなによりだ。

と、そこで彼女が思い出したように「あぁ、そういえば」と付け足した。

「アンタの妹がしばらくの間、もの凄く不機嫌だったのは覚えてるわ。だいたい、一ヶ月前くらいね」

両親にはジーニアスに通うことをすぐ信じてもらえたが、代わりに妹の機嫌が致命的に悪くなったな。近頃は兄への反抗期で少しギクシャクとしていたことも拍車を掛けたようだ。

「しかし、アンタもいい加減諦めたら？　いくらアルフィと同じ学校に通ったって、無属性のリース《あんた》がアルフィ《あいつ》に敵うわけないんだから」

「はっはっは、そいつぁどうかな」

呆れ表情で出てきた言葉を耳に、俺は笑って誤魔化した。


俺は軽く言葉を交わし彼女に別れを告げ、その場を離れた。

それからというもの、町を歩いていると幾人かの知り合いや友人と出くわした。

さほど大きな町ではないので同世代の若者とは幼馴染みであり、ご近所さん。

だいたいが『一ヶ月もどこに行っていたんだ？』という、雑貨屋の看板娘と同じような反応。そしてアルフィと同じ学校に通っている事を伝えると『またアルフィに突っかかってんのか』とやっぱり呆れられる。

町の住人のほとんどは、俺がいつも〝アルフィに突っかかって迷惑を掛けている〟という認識をしている。これは家族も同じ。

だから、俺が大賢者と知り合いであることはおろか、常日頃から彼女の住む『黄泉の森』に足を運んでいる事実も知らない。

俺が魔法の鍛錬をするのはもっぱら黄泉の森にある婆さんの家付近だし、アルフィと手合わせをするのも町の近くにある森の奥だ。互いに本気を出すと周囲への被害が半端なくなるので人気のない場所を選ぶ必要があるのだ。

なので、俺が一方的にアルフィを相手に勝ち越している事実を知る者は少ない。彼らの反応も自然なものだった。

俺はあえてこれらの誤解を訂正していない。それなりの意図があって誤解を放置している。

住人と会話を交わす以外は、町の中は家畜の鳴き声が遠くから聞こえてくるだけで昼間でも物静かだ。

町の若い衆はこの静けさに『刺激が足りない』と不満を抱いているが、俺は嫌いではない。むしろ、都では昼も夜も常に喧騒に包まれていたためか、この静けさを心地よく感じる。

「いたぁぁぁぁぁっっ!!」

静けさに和んでいたところで、それをぶちこわす大声が町の一角で木霊した。俺の和みタイムを返せ。

と、少し恨めしげな気持ちを込めて声の方向を向くと、一人の中年男性がこちらに駆け足で向かってくる。

「……組合の支部長?」

この町に存在する狩人《ハンター》組合の支部長だ。そんな彼が、額に汗を垂らしながら俺に詰め寄る。

「捜したよリース君！　この一ヶ月、いったいどこに行っていたんだ！　こちらはもう色々とアレでもうてんてこ舞いだったんだぞ！」

「……？　なんかいきなりで全く状況が掴めないんだけど」

「――ッ！　と、とにかく、今すぐ狩人組合に来てくれ！」

彼は口を開くなり捲し立てると。

「ちょ、ちょっと待ってくれよ。……俺、最初はおっぱいの大きい女の子って決めてるんだ」

「相変わらず唐突にとんでもないことを言い出す男だな君は!?　というか私に男色《そっち》の嗜好《け》はないしちゃんと妻子がいるからな！　誤解を招くような発言は控えてくれ!!」

などという下らないやり取りをしながら、俺は組合の支部に連れてこられた。

こんなド田舎にある割に、ここの支部は結構な規模を誇っている。おそらく町で一番大きな建物だろう。俺はその支部長室に連れてこられた。

ここに来るまでに少し落ち着いたようで、執務机の椅子に座った彼が大きく息を吐き出してから口を開いた。

「それで、今更だけどこの一ヶ月間、いったいどこに居たんだい？」

俺は端的に、ジーニアス魔法学校に通っており、現在は都の住居で寝泊まりしていることを支部長に伝えた。

彼は俺の言葉を聞いて大きく目を見開き、それからまたも大きな溜息をついた。

なお、彼が俺の帰郷を知ったのは、組合に出入りする狩人の一人が俺を見かけたと支部長の前で漏らしたからだそうだ。それで慌てて飛んできたのだとか。

「んで、支部長はなんであんなに慌ててたんだ？」

「――その前に確認しておきたい。……君は最近、都の狩人組合に魔獣を卸さなかったか？」

「ああ、それなら――」

ジーニアス魔法学校に通うために、何体かの魔獣を納品したことを正直に伝えた。俺の答えを耳にした支部長が頭を抱えて項垂れた。

「………先日、都の狩人組合から手紙が来ててね。こんなド田舎に都からの手紙（そんなもの）が来る事なんて滅多にないからね。何事かと驚いたよ」

あまりにド田舎すぎて存在を忘れ去られているかと時折不安になるくらいだったらしい。

もしかしたらあまりの辺境にあるせいか支部が取りつぶしになるのでは、と戦々恐々に手紙を開けば、予想の斜め上を弾丸飛行するような内容だった。

「この支部に在籍すると思わしき狩人の問い合わせだ」

「なんとも曖昧な問い合わせだな」

「私も最初は首を傾げたよ。けど、手紙の続きに書いてあった、その問い合わせに至った理由に目を通して唖然としたよ」

——現在より数えて一ヶ月ほど前。都の狩人組合にとある魔獣が納品され、大騒ぎになったという。

それも、通常なら腕利きの狩人が十人単位で複数のチームを作り、綿密な打ち合わせの元で狩るような超危険指定がされている魔獣が何体もだ。

「しかも、納品したのは狩人組合に未登録の個人。これが大騒ぎにならないわけがない。その未登録者はまだ年若く、しかも狩猟を生業にしているとは到底思えないほど軽い身なりをしていたらしい」

もの凄く聞き覚えのある内容であった。

「この支部に問い合わせが来たのは、納品された魔獣が同時に生息する地域が『黄泉の森』しかなかったことが原因だ。そして、その黄泉の森に一番近い狩人組合の支部がこの町だけだ」

山を幾つか越えなければならないとはいえ、付近の町（とは言うが、片道でも一日か二日はかかる）の中ではこの町が黄泉の森に一番近い。

一気に言葉を並べた支部長はそれから一息を付いてから、俺を見据えた。睨み付ける、というわりにはその目には心労が滲み出ていた。

「……もしかしなくとも、その未登録者って――」

「多分、俺だな」

「やっぱり……」

支部長は、この町で俺の本当の実力を知る数少ない住人の一人だ。俺が黄泉の森で狩った獲物を納品するにあたり、どうしても彼にだけは教えておく必要があったからだ。

大熊《ワイルドベア》を初めとする黄泉の森の魔獣は、どれもこれも売ればまさしく一攫千金の価値がある。俺が産まれてくる十年以上も前、この町は黄泉の森の魔獣を目当てに一山当てようとした狩人が多く訪れ、結構な賑わいを見せていたという。ド田舎にある割に不釣り合いなほど支部が大きいのもその名残だ。

だが、それも今は昔の話。黄泉の森に向かうためには山を越える為に数日間かかる上、目当ての魔獣が強すぎて一攫千金を遥かに上回るリスクを伴うことで、町を訪れる狩人も少なくなり、徐々にこの支部は寂れていった。

そして現在に至り、建物だけがでかいド田舎支部の出来上がり。寂れてはいたが、付近に大自然があるだけ一般人で対処するには危険な魔獣も生息しており、狩人の需要はあるので完全な閑古鳥が鳴いているわけでもない。

ただこの支部に所属する狩人はのんびり気質の者が多いのも事実だった。狩人稼業の傍ら、町人の仕事を手伝って生計を立てている者がほとんどだ。

「君が時折に狩ってくる黄泉の森の魔獣だって、市場に流すのにどれだけ手間を掛けてると思っているんだ。あ、いや。おかげでこの支部も町も金銭面で潤っているから文句は言えないんだが、下手に放出すると大騒ぎになるんだぞ」

というわけで、彼を含む代々の支部長が、上手い具合に処理してくれていたわけだ。

「しょうがないだろ。この支部じゃ換金しきれないんだから、都の組合に持っていくしかなかったんだよ」

「だとしても、私に一言相談してくれてもよかったんじゃないか？　確かにすぐに換金は無理でも、時間さえもらえれば」

「だから、時間がなかったんだよ」

俺はジーニアス魔法学校に通うための入学金、学費等が早急に必要だった事を支部長に伝えた。

「……君、学校に通う必要あるのかい？　ワイルドベアだけじゃなくて、『将軍蜂《ジェネラルビー》の蜜』

や『紅蜥蜴《クリムゾンリザード》』を単独で狩れるようなイカレた強さを持っているのに」

「誰がイカレただ。それに結構楽しいぞ、学校に通うってのも」

支部長が口にした『将軍蜂』と『紅蜥蜴』は、俺がワイルドベアと同じく都の狩人組合に卸した魔獣だ。

将軍蜂は成人男性よりも更に一回り大きな体躯を持った蜂型の魔獣で、配下にはこれまた人間の五歳児程度の大きさの働き蜂を大量に率いている。将軍蜂の単体戦力もさることながら、配下の働き蜂による物量戦も脅威。

だが、彼らが黄泉の森の植物から集める蜜は非常に栄養価が高い。加えてこの蜂は巣ではなく将軍蜂の体内に蜜を収集する習性があり、蜂の体内で熟成された蜜は更に旨味が増すのである。

将軍蜂の蜜は、コップ一杯分で同じ量の宝石に匹敵する値で取引される。

紅蜥蜴は文字通り、紅色の鱗を持つ全長五メートルを超える大蜥蜴だ。全身を覆うこの鱗は高い強度を誇っており、鍛え上げられた鋼の剣で以ってしても傷つけることは容易ではない。攻撃性よりもその防御力ゆえに狩猟が非常に困難な魔獣だ。

けれども、その鱗は高い強度に加え魔法具の素材としては非常に有用性があり、装飾《アクセサリー》職人の中では垂涎の素材となっている。

——前者は婆さんに「対多戦の訓練じゃて」と。後者は「お主と同じ防御に極振りの相手を想定した訓練じゃ」と挑まされて酷い目に遭った。今では普通に狩れるが。

ワイルドベアとこれらのおかげで、俺はジーニアス魔法学校に通うための資金を一気に得ることができたのだ。

「で、支部長さんは何でそんなに焦ってんだ？　別に、問い合わせが来ても『知らない』って突っ返せば良いじゃねぇか」

「……始末が悪いことに、この件が発端で以前から黄泉の森の魔獣を秘密裏に市場に流していた事がバレた」

「別に、非合法なことに手を染めてたわけじゃないんだろ」

「その辺りはしっかり筋を通しているから問題はない。ただ、知らぬ存ぜぬでは通せなくなった。今はどうにか誤魔化してるが、最悪の場合は都の組合から調査員が派遣される可能性がある」

「そんなに大事《おおごと》なのか」

「当たり前だ。黄泉の森の魔獣を狩れる様な人材を組合がほっとくわけにはいかないだろう。どうにか引き抜こうと躍起になるはずだ。……これも、君が仮でも良いから狩人組合に登録してくれていればまだ良かったんだが」

「残念。俺は狩人じゃなくて学生だ」

俺がそう言うと、支部長はもう何度目かになる溜息をついた。

「どうしてくれるんだ。私はこの組合の支部長に収まって、まったりスローライフを夢見ていたのに。都の組合に目を付けられたらその対応だけでどれだけ忙しくなるか分かったもんじゃない。第一、その未登録者が無属性魔法使いだなんて話、信じてもらえるかどうか……」

頭を悩ませる支部長に、俺は一言。

「ま、一時的なもんだと思って諦めろ」

「君が発端だからな!!」

「今後はくれぐれも自重してくれよ!!」というお叱りを受けた後、俺は狩人組合を後にした。

黄泉の森の魔獣を卸した際に得た報酬金は、ジーニアスに通うための学費を全て払った上でもまだそれなりに残っている。贅沢三昧の生活を送らなければ在学中に組合にお世話になる事はなさそうだ。

太陽は既に真上から少し傾くくらいになっていた。支部長との話が思っていたよりも時間が掛かったようだ。

やがて俺は、裏手に大きな倉がある一軒家に辿り着く。

なにを隠そう俺の実家である。

我が家は代々酒造を営んでおり、町の酒場に卸売りして生計を立てている。また、味が評判のようで、時折行商人が訪れてはそれなりの値段で取引しているようだ。

この時間だと、親父はまだ倉で作業をしている頃。家に居るのはお袋だけだろう。

そう考えながら俺は家の扉を開いた。

「ただいまぁ――――って、おい」

「「…………あ」」

長年の習慣で、ついついいつも通りに軽いノリで扉を開ければ、何とそこには玄関先で乳繰り合っている両親の姿。

どちらも服こそまだ着ていたが、顔を寄せ合いお口とお口がくっつく寸前。脱衣《パージ》するまで秒読みといった状態。そんな彼らとばっちり目が合ってしまう。

…………。

少々の沈黙の後、俺は一言。

「……………………どうぞ、ごゆっくり」

「ちょっ、待って待って!!　息子にそんな気を遣われると死にたくなるから！！！　そしてお帰りなさい!!」

気を利かせソッと扉を閉めようとする俺に、両親が息ぴったりに揃って悲鳴を上げた。


居住まいを正し、実家の居間に親父と向かい合わせでテーブルの椅子に座った。

「いやぁ、仕込みが終わった酒の味見してたらなんか出来上がっちまってなぁ。ついつい昼間っから母さんと盛り上がっちゃって」

「親の性事情なんか知りたくねぇよ」

困ったように頭をかく親父に対して、俺はゲンナリと答えた。

「俺もな。さすがに玄関はまずいと思ったのよ。客が来たらさっきみたいにばっちり目撃されるじゃん？　でも、母さんが魅力的すぎて寝室まで待てなかったのよ。分かる？」

「知りたくねぇっつってんだろ馬鹿親父！」

この調子だと、遠くないうちに新しい妹か弟が誕生する気がするな。

「ごめんなさいねぇ。私もさすがにまずいとは思ったのよ。でもお父さんが魅力的すぎて我慢できなかったのよ。分かる？」

「……（もう突っ込まねぇからな）お茶、あんがと」

喉まで出かかった言葉を、お袋が入れてくれたお茶と共にどうにか流し込む。冷まさずに飲み込んだので喉が焼けるようだったが、根性で耐えた。

こんなバカップルが俺の両親。ご近所でも評判な熱愛夫婦である。夫婦仲が良いのは息子として嬉しい限りなのだが、少しは自重して欲しい。

「あ、そうそう」

俺は胸元から下げている『首飾り《アイテムボックス》』から、都で購入した酒瓶を幾つか取り出した。

「は？　お前今どっから酒を――」

「細かいことは気にするなよ。親父への土産だ。都で売ってる酒に前々から興味があっただろ」

「――おお、そうだったそうだった！　え、わざわざ買ってきてくれたのか⁉」

酒造りが趣味と実益を兼ねている親父にとって、収納箱《アイテムボックス》の事は些細な問題だったようだ。テーブルの上に置かれた酒瓶を手にすると目を輝かせた。

「おおぉぉぉ！　全部見たことない銘柄だ！　町に来る行商人から買うだけじゃ限度があるからな！　ありがとうリース！」

喜んでくれたようで何よりだ。

「お袋にはこれな」

収納箱から、茶葉の入った小洒落た瓶を渡した。

「あら、ありがとう」

受け取ったお袋は笑みを浮かべた。

「ところでリース。都での暮らしはどうなんだ？　一ヶ月近く手紙もなにも全く来ないから、少しだけ心配してたんだぞ」

「あ、少しだけなのな」

「お前のことだからな。何だかんだで逞しく生きていると信じてはいた。ただ、それでも息子のことだからな。母さんと一緒にちょっぴりは心配してたさ」

手紙を書かなかったのは、帰ろうと思えばいつでも帰れると思っていたからだが、心配を掛けていた事を考えると今度から定期的に手紙を出すようにしよう。

「まぁ、ぼちぼちやってるよ。あっちにはアルフィもいるし、友達……みたいなのもできたし」

「そうか。元気にやっているようで何よりだ」

笑いながらうんうんと頷く親父。

そこで俺はふとお袋に尋ねた。

「ところで、エリオットはいないのか？」

エリオットとは愛すべき我が妹《マイシスター》だ。

一ヶ月前は半ば喧嘩別れみたいになってしまったし、雑貨屋の看板娘からは相当にお冠だったと聞いている。

そのお詫びも兼ねて、土産を手渡しして機嫌を直してほしいと考えているのだが。

「エリオットはリースと入れ違いでお買い物を頼んじゃって居ないのよ。もう少ししたら帰ってくると思うんだけど」

「……ところで、俺が都に行った後、あいつ相当に機嫌が悪かったらしいんだけど」

「そうねぇ。触れたら親でも頭から丸齧りされるくらいに不機嫌な日がしばらく続いてたわねぇ。最近は少し落ち着いてきたけど」

どれだけ不機嫌だったんだよ妹よ。

「間違いなくあいつはお前の妹だ」

「おい、なに他人事みたいに言ってんだよ。俺の妹って事は親父の娘って事だからな？」

「……愛娘が人様の頭を丸齧りするような野性的《アグレッシブ》すぎる子だと、あまり認めたくはないんだよ」

……気持ちは分からないでもない。俺もちょっと認めたくはない。

つかどんだけ不機嫌だったんだよ。この後、顔合わせるのがちょっと怖くなってきたんだけど。

「……順当に考えて、機嫌が悪くなったのはまぁ俺が原因なんだろうが。どうして丸齧りするまで不機嫌になってんだよ」

「お兄ちゃんが自分勝手に「都で暮らす」って言いだしたんだ。憤らない方が変だろう」

俺の疑問に、親父は「なに言ってんだこいつ」と呆れた表情になる。お袋の方を向けばこちらは苦笑を浮かべており、親父と同じ考えだと察することができた。

「最近、エリオット《あいつ》と顔を合わせる度にやれ『スケベ』だのやれ『このおっぱい好きが』だのやれ『そんなに脂肪の塊が好きなのか』とか、好き勝手言ってくんだぜ？」

「好き勝手もなにも、全てが事実だろ」

「……………確かに」

親父に言われて思わず納得してしまったが、俺は咳払いをして話を続けた。

「と、とにかく。反抗期真っ只中のあいつが、そこまで俺のことを気に掛けるとは考えにくいんだけど」

元々の兄妹仲は悪くなかったはずなんだが、ここ数年は顔を合わせても言葉を幾つか交わすとすぐに顔を逸らして去ってしまうという、結構寂しい日々が続いていた。

実のところ、喧嘩腰とはいえまとも（?）に会話ができたのは、一ケ月前に俺がジーニアスに通うと言いだした時が久々だったのだ。

「いや、アレは別に反抗期と言うよりは——」

「お父さん、それ以上は駄目よ」

親父が何かを言おうとしたところで、お袋がその肩に手を置いて止めた。「だがなぁ」と親父がなおも続けようと肩越しに振り向くが、お袋は首を横に振った。

「……しょうがないな。すまんリース。これぱっかりは兄妹で解決してくれ。親の俺たちが口を挟む問題じゃないようだ」

頼りない親父に溜息を吐いていると、家の玄関口から扉が開く音が聞こえてきた。

「ただいまぁ！　晩ご飯の材料、買ってきたよ！」

「話題の娘が帰ってきたようね」

元気の良い声に、母が愉快そうに笑う。

軽快な足音がしてから姿を現したのは、俺と同じ色の髪を片側に纏めた、まさに『元気』を体現したかのような可愛らしい女の子。

「聞いてお母さん！　肉屋のおじさんがおまけしてくれたの！　今日の晩ご飯は豪華に

「……なる……と……思うん……だけど……」

明朗な声と共に居間に入ってきた少女――エリオット・ローヴィスは、俺の顔を確認すると言葉が尻すぼみになっていった。一ヶ月ぶりに会う兄に驚いているようだ。

「よぉエリオット。愛するリース兄ちゃんが帰ってきたぜ」

妹は俺の声を聞くと、驚きのあまりに手に持っていた肉の収まった籠《かご》を床に落とし、なぜか顔を伏せて肩を震わせ始めた。久しぶりに兄に会えて感動に震えているのだろうか。

「あ、都のお土産があるから――」

「――こっ！」

「こ？」

次の瞬間、エリオットは顔を真っ赤に染め、なぜか目に涙を溜めて俺に飛びかかってきた。

「この馬鹿兄がぁぁぁぁぁぁぁ!!」

ガブリ!!

「ギャァアアアアアア!!　ちょ、感動の再会にしては野性的すぎるぞ我が妹《マイシスタ》ァァァァァァッッ!?」

まるで猛獣のように飛びかかってきた妹に頭を齧られ、俺は絶叫を迸《ほとばし》らせた。

「いてててて……。まさか一ヶ月ぶりに会う妹にいきなり頭を囓られるとはついぞ思ってなかったよ、お兄ちゃんは」

痛む頭を手で擦りながら俺は呻いた。視線をテーブル席に座るエリオットに向けるが彼女は「ふんっ」と鼻を鳴らし、不機嫌そうに腕を組みこちらを見ようともしない。

「帰ってくるなら帰ってくるであらかじめ言って欲しいものよね。びっくりさせられるこちらの身にもなって欲しい」

どうやら、我が妹はびっくりすると人の頭を囓るような子に成長してしまったらしい。お兄ちゃんはそんな妹に育てた覚えはないのだが。

——などと考えていたら、エリオットに殺気混じりの視線で睨まれた。やれやれ、機嫌は治ったと聞いていたが、一時的なものだったようだ。

しばらくすると、ようやく落ち着いたのか。若干表情は険しいものの、エリオットは顔をこちらに向けた。

「……それで、どうしてお兄《にい》が家にいるのよ。都の学校ってのに通ってんじゃないの？……もしかして退学になったとか？」

なぜ「退学」の部分を嬉しそうに言うんだ我が妹。

「残念ながら学業はそれなりに順調だ。退学の心配は今のところはないさ」

「へぇぇ……。それなりに、ねぇ」

エリオットの声は冷たかった。

親父も腕を組んでしみじみと。

「未だに、俺の息子が魔法学校に通えているなんて、たまに信じられなくなる」

「入学許可証は見せたし、学校に通うことも納得しただろ」

「もの凄く優秀な成績で合格しても、不合格半歩手前な超ぎりぎりの成績でも、同じ入学許可証でしょう」

お袋もこんなことを言ってくる。

これで入学は主席合格であり、現在も学年トップの成績を維持していると知ったらどんな反応が返ってくるだろうか。

……絶対に信じないだろうな。

「家に帰って来たのは、これまで町を長期間離れるって事があまりなかったからな。ちょっとした郷愁《ホームシック》ってやつだ」

魔法の鍛錬で婆さんの家に一週間泊まり込み、程度ならこれまで何度かあったが、一ヶ月となるとこれが初めてだ。家族の顔を見たくなるには十分な期間だろう。

「そういえば」と思い出したようにお袋が口を開いた。

「アルフィ君と一緒の学校なのよね。あなたの事だから、迷惑を掛けてばっかりいるんじゃないの？」

親友同士でありド田舎の町であるために、アルフィと俺は家族ぐるみでの付き合いがある。俺の家族はアルフィのことをよく知っているし、アルフィの家族も俺のことをよく知っている。

「俺がいつアルフィに迷惑を掛けてるんだよ」

親友であるアルフィ《あいつ》に、俺が迷惑を掛けるはずがない。失礼な。

「……そういえば昔から無自覚だったわ、この子」

答えはばっちりだったはずだが、お袋が困ったように首を横に振った。解せぬ。

「やっぱり、アルフィ君はお前と違って学校じゃぁモテるんだろうな。お前と違って」

「おい親父。なぜ二回言った」

この顔を形作った種の半分は親父の物だからな。そこを忘れるなよ。とはいえ、親父の想像は間違っていない。

「入学してから一ヶ月で、既に非公式同好会《ファンクラブ》ができそうな勢いだ。クラスや他の同級生からもれなく嫉妬の渦を巻き起こしてる」

「昔から人気者だったものねぇ、アルフィ君は。町の女の子たちも、アルフィ君が遠い都に行っちゃって寂しい思いをしているわ」

「俺は？　俺も遠い都に行っちゃったけど？」

「……町のみんながホッとしてるわ」

「おいお袋。それどういう意味？　つか、女子だけじゃなくて町人全員ってこと？　ちょっと、こっち向けお袋。そして親父まで気まずげに顔を逸らしてんじゃねぇよ!!」

俺、もしかして町のみんなから嫌われてたのか？　気づいていなかっただけで、実はハブられてる？

「……町の大人たちは、町屈指の問題児がいなくなってホッとしてるみたいよ。お兄の友達には、町で一番賑やかな人がいなくて寂しがってる人とか結構いるけど」

「俺ってばそんなに問題起こしてたっけ？」

町に迷惑を掛けた記憶はあまりないのだが。

「外様から来た素行《ガラ》の悪い狩人たちを裸にひん剥いて木から逆さまに吊るしたあげく、股間に『最大親指程度《サイズ》』って張り紙するような人が問題児でないと？」

「そんなことあったなぁ……」

エリオットの話は二年ほど前の出来事だな。

そのハンターたちは、居酒屋で女性従業員にしつこく迫ったり、飲み代を強引に踏み倒そうとしたり、備品を破壊したりと、とにかく問題が多かった。

酷かったのは、町に半ば住み込み、害獣狩りを行ってくれている狩人と諍《いさか》いを起こしたときだろう。おかげで、住み込みの狩人がしばらく狩人稼業を休まなければならないほどの怪我を負った。

支部長に話を聞くと、外様のハンターたちは腕は良かったが素行が非常に悪く、他の支部でも何かと問題を起こしていたらしい。直近でも似たような事件を起こし、逃げるようにこの町に来たようだ。

でだ。それだけならまだ良いが、事もあろうに奴らはエリオットにまで手を出そうとしたのだ。

あんな奴らが愛する妹にちょっかい出すなど笑止千万。その場でボコボコにして妹がいま説明したとおりの刑に処した。

結局、面子を叩きつぶされた奴らは逃げるように町を出て行ったのである。

「まったく、怖いもの知らずにも程があるわ。たまたまアルフィ君と一緒にいたときだったから良かったものの、まさか武器を持った狩人に生身で喧嘩を売るなんてねぇ」

お袋が頬に手を当て、困ったような呆れたような顔で俺を見た。

この事件は町全域に知れ渡っており、狩人を折檻したのはアルフィで、俺は裸に剥いて木に吊るしただけという風に伝わっている。

もちろん、折檻したのも木に吊るしたのも俺である。

ただ、その真相を正確に知るのはアルフィとエリオットだけだ。

相手は武器を持った狩人で、三人組のウチの一人は魔法使いだった。無属性の俺が勝てるような相手ではないと誰もが思っていたし、俺も特に訂正はしなかった。

更に補足すると、怪我をしてしばらく狩りができなかった狩人の代役は俺がしばらく務めていた。これも知っているのはアルフィとエリオット。そして狩った魔獣を処理してくれた組合の支部長だけだ。

「まぁ、父親としては、妹の危機に逃げずに立ち向かった男気を少しは褒めてやりたいがな」

親父も困ったような笑みを浮かべた。

「他にも、町長さん家《ち》の馬鹿息子が町の女の子に酷いことしようとしたときは肥だめに叩き落としてたし、近所のお婆さんが可愛がってる猫を虐めてた奴は顔以外を土に埋めて半生首状態で三日間晒し者」

妹が他にも幾つか指折りで数えながら、俺の戦績を上げていく。

「……極めつけに、貴族様の息子が農作物に悪戯したときなんか、その貴族様の屋敷に行って、正面門の前で息子の尻を百叩きしたっけね」

「……あの時は、一家全員が首を括る覚悟をしたな」

思い出した親父が若干顔を青ざめさせた。

親父の言うとおり、平民が貴族に手を出せばそれだけでも犯罪になり得る。

だがあの悪戯小僧は当時貴族の学校に通っていたアルフィの同級生の弟であり、そちらの方から色々と手を回してもらったのだ。平民とは言え、生徒会長の鶴の一声は効果を発揮し、厳重注意で特にお咎めはなかった。

持つべきものは、優秀で権力を持った友である。

「お兄、下種《ゲス》い」

「お金と権力は使わせるためにあるって、俺の師匠《しりあい》が言ってたぞ」

大賢者様のありがたいお言葉である。


一ヶ月ぶりな家族との談笑を終えると、俺は自室のベッドの上で大の字で寝転がった。

都での暮らしにも慣れ始めていたが、慣れ親しんだ生家が一番落ち着く。今後も定期的に帰ってくることにしよう。

「次に帰ってくるときはアルフィの奴も連れてくるか」

そんなことを考えていると、不意に部屋の扉からノック音が響いた。首を傾げてそちらに目を向けると、仏頂面……の半歩手前な表情のエリオットが部屋に入ってきた。

「どうしたエリオット」

俺の問いかけに答えず、エリオットは机の椅子を引っ張り出すとそのまま座った。俺も上半身を起こし、ベッドに腰掛ける形で妹の方に躯を向けた。

そのまま互いに言葉を発することなく時間が経過していく。

ふと俺は、エリオットに渡すものがあったのを思い出した。

俺は首飾りを軽く叩く。

埋め込まれていた宝石が小さく輝き、光が収まると俺の手の中には銀細工の髪飾りが出現していた。

「ほれ、お前に土産だ」

「……あ、ありがとう」

エリオットは俺の手の中に突如として出現した髪飾りに驚くが、少しするとそれを手に取った。いろいろな角度から髪飾りを観察し、それからおずおずと問いかけてきた。

「ねぇ、今のは何？　急に髪飾りが現れた様に見えたけど」

「お前も名前くらいは聞いたことあるだろ。収納箱って魔法具だよ」

俺は自身の胸元にある首飾りを親指で示した。

エリオットは驚くように目を見開く。

「な、なんでお兄がそんな物を」

「ちょいと知り合いから、ジーニアスへの入学祝いにな。中々に重宝させてもらってるよ」

おかげで、帰郷するにもほとんど着の身着のままで来ることができる。ついでに、お土産だけではなく普段消費する間食《おやつ》や夜食も満載している。

収納箱の中は、どういう理屈か全く不明だが時間が止まっており、できたてを収納すれば、次に取り出すときはいつでもどこでもできたての味を楽しむことができる。

「土産じゃないが、都で流行ってる菓子とかあるからやるよ」

俺は収納箱から更に、菓子が入った袋を取り出した。エリオットも女の子だ。甘い物にパッと笑顔を浮かべたが、取り繕ったように表情を引き締めた。

「な、何さ。物でご機嫌取りをしようっての？」

「ま、多少はその狙いもあるな」

「……相変わらず、意味分からない人だね」

顔を顰《しか》めつつもエリオットは菓子の袋を受け取り、中身を一つ取って口に含んだ。

途端、田舎では味わえないだろう上品な味わいに目を輝かせた。やはり、女の子というのは甘い物が大好きなのだろう。まぁ、俺も大好きだがな。

そんな俺の視線に気が付くと、エリオットはハッと我に返り、またも不機嫌を露わにした顔になる。ただし、目尻は緩んでおり全く以て怖くない。

堅苦しい空気が若干和らいだのを機に、俺はエリオットに問いかけた。

「それで、わざわざ部屋に来て何の用だ」

「妹が用もなくお兄の部屋に来るのは変？」

「変じゃぁないが、ここしばらくはなかったからな」

昔は兄の部屋に意味も無く来てだらだらと過ごしていたりもしたが、最近ではとんとそんなことは無くなった。妹も年頃であるし、兄とは言え男性の部屋に気軽に来るのは躊躇うようになったのだろうと思っていたが。

エリオットが唐突に切り出した。

「ねぇ、お兄。その……ジーニアス魔法学校って楽しい？」

「お？　お兄ちゃんの学生生活が聞きたいのか」

「良いから、答えてよ」

からかわれていると感じたのか、エリオットがぷいっと顔を逸らすので、俺は小さく笑いながら答えた。

「結構楽しくやってるよ。友達もそこそこにできたしな。勉強の方も、割と新鮮だ」

「……お兄の口から〝勉強〟って言葉が出てくると、違和感しかない」

「あのな、これでも結構良い成績取ってるんだからな」

学年トップです。

「あー、でもアルフィの奴がこの町にいたときと同じく、学校の女子にキャーキャー言われてるのだけは納得がいかん。爆発すれば良いのに」

「いつも思うけど、なんで爆発？」

「俺の魂が〝イケメン吹き飛ぶべし〟と叫んでるんだよ」

「アルフィならどこに行っても人気者だろうね。お兄と違って誰に対しても紳士的だし、人当たりも良いし。……お兄と違って」

なぜ親父と同じく二回も言ったよ、我が妹よ。俺がジト目で抗議するが妹はまるで気にした素振りを見せず、エリオットは更に続けた。

「……都でできた友達って、どんな人？」

「そうさな……拳で語り合った仲？」

「どんな状況⁉」

驚くエリオットに、俺は青髪の友人――ラトスと初めて遭遇した出来事から決闘までの一部始終を語った。もちろん、ラトスが破城槌おっぱいを持つ男装女子であることは秘密だ。あくまでも、男子の友人であるとエリオットに伝えた。

……のだが、若干だけ上向きになっていた妹の機嫌が、なぜか下り坂に突入した。

「今の話で不機嫌になる要素あるか？」

「……何でだろうね。でも、その人の話を聞いてると妙に敵愾心を刺激されるというか」

本人も不思議に思っているのか、眉間に皺を寄せながら首を傾げている。

まだ友人とまではいかないが、割と言葉を交わしているカディナの存在もあったがこちらは口にしなかった。名前を出した途端、なぜか妹に再び頭を齧られる光景が頭に浮かんだからだ。

俺が裏で冷や汗を掻いていると、エリオットが呆れたように言った。

「にしても、相変わらず気に入らない相手にはところ構わず喧嘩を売るんだね。相手は貴族様で、しかも名のある家の嫡男なんでしょ？」

「馬鹿を言え。ところ構わず喧嘩売ってんだよ」

「余計に性質《たち》悪いよ」

そもそも、俺の方からは一切手を出していない。ラトスが勝手に手を出して自爆しただけだ。アルフィと一緒に、そうなるように仕向けた面があるのは否めないが。

それからエリオットは何度か口籠《くちご》もり、やがて意を決したように口を開いた。

「聞いた感じだと、学校では実力は隠してないみたいだね、お兄」

「入学式の時点で〝色々〟とあったからな」

「……色々とやらかした、の間違いじゃないの」

さすが俺の妹。よく分かっている。

今の言葉で分かるとおり、エリオットはこの町で俺の本当の実力を知る数少ない人間の一人だ。

親父たちと一緒に話をしていたときに出た、素行の悪い狩人たちを折檻したときだ。

妹に手を出されそうになった俺は頭に血が上り、エリオットや他の町人には見せたことのなかった『六角形防壁《ハニカムシールド》』、『手甲《ガントレット》』、『跳躍』をフル活用し、狩人たちの身も心も徹底的に叩きつぶしたのだ。

たかだか田舎町のガキ大将だと思っていた兄が、仮にもプロの狩人を片手間で撃破したのだ。驚きも一入だっただろう。

その後、しつこく問い詰められた俺はアルフィと一緒に事実を告げた。エリオットは最初半信半疑だったが、町から少し離れた森の中に連れて行き、実際にアルフィと手合わせする場面を見せたらようやく納得した。

「前々から思ってたことだしこの際だから聞いてみるけど……なんでお父さんたちや町のみんなにお兄の実力を隠しておくの？　そうすれば、町の女の子から少しは人気も出たんじゃない？」

「おぉおう、〝女の子にモテる〟なんて魅力的な文句《フレーズ》は止《や》めてくれ。心が揺れるじゃねぇか」

咄嗟に胸に手を当て、逸る鼓動を抑え込む。その間、妹の視線から温度が失われるが、気にしたら負けだ。

それはともかくとして、俺は咳払いをしてからこれまで妹には教えていなかった思惑を教えた。

「まぁアレだ。今まで弱いとか思ってた奴が、本当はすこぶる強いって分かったら驚くだろ？　つまりはそれだ」

端的に事実を口にすると、エリオットはしばらく無言で硬直した。それからじわじわと俺の言葉が頭に浸透したのか、顔を引きつらせた。

「……え、冗談？」

「いやいや、超本気《マジ》」

俺の答えが予想の斜め上を飛んでいたのか、エリオットは口をポカンと開いた。言葉もないといった具合だな。

どれだけ頑張っても、結局は四属性魔法使い《アルフィ》に無謀にも突っかかる無属性魔法使い。その実力もせいぜい、若人の中で一番、といった程度。一歩町の外に出れば即座に現実を目の当たりにする無鉄砲――町人の大半が俺のことをこう認識しているはずだ。

昔の言葉を借りれば、〝井の中の蛙《かわず》〟。狭苦しい世界で王を気取る小さなカエル。井戸の外に広がる大海を知れば、増長していた己を恥じて井戸に逃げ帰るだろう。

けれども――。

「誰もが小物だと思っていたカエル《おれ》が、大海をも制覇するような人間《カエル》だった。なんて知れ渡ったらどうだ、面白そうじゃないか？」

「……まさか、そんな阿呆みたい理由で、町のみんなに隠してるの？」

「阿呆とは失敬な。ちょっとしたお茶目なサプライズだ」

「〝ちょっと〟ってレベルじゃないし……」

壮大な計画を告白したはずなのに、完全に呆れかえっているエリオット。

「そういえば、お兄は良くも悪くも有言実行者だったよね。……良くも悪くも」

「だからなぜ二回言うんだよ。……照れるじゃねぇか」

「褒めてないよ!?」


家族との語らいを楽しみ、夕暮れになる前に別れを告げ実家を後にした。

町を出た後、人気《ひとけ》が無い場所を選んでから跳躍を使い空へと跳躍。上空から黄泉の森の深淵へと向かう。

それから少したった頃、俺は大賢者の住む大樹の前に降り立った。

「――ここに来るのも一月《ひとつき》ぶりになるんだよなぁ」

大樹を見上げながら、しみじみと呟いた。

大賢者の家はこの大樹をくり抜かれた内部に作られており、単純な直径は通常民家と同等と言った大きさだから、その大きさが分かるだろう。しかも、この家、二階がある上に地下一階と計三階建ての構造をしている。

そんな事をすれば樹木に深刻なダメージが発生して枯れてしまうのではと危惧したこと

があったが、俺が大賢者の家を訪れるようになって十年近く経った今でも、頭上に高く生える枝葉は青々と生い茂っているし、幹も常に瑞々しさを保っている。

巨大であることを加味したとしても、とんでもない生命力。しかも、単純に手甲で殴りつけても、魔力砲《カノン》を至近距離で叩き込んでも小さな傷を付けるのがやっとであり、それも一日が経過すれば後すら残らず再生《かいふく》してしまう。単純な強度に加えて、魔力的な耐性も恐ろしく高いのだ。

こんなすこぶる頑丈な樹木をくり抜き、家に仕立て上げた大賢者の力に恐《おの》れ戦《の》きつつも、この樹が果たして何なのかを大賢者に問いかけたところ。

『――正直、やっちまった感はあるのじゃ』

と、非常に気まずげに言うだけで具体的な事は教えてくれなかった。ただ、大賢者でさえ少し後悔してしまうくらいには、もの凄く希少な種類だったのだと理解できた。

「機会があれば、学校の図書館とかで調べてみるのも良いかもしれないな」

国内最高峰の教育機関であるためか、ジーニアス魔法学校にある図書館の蔵書量は半端ではない。魔法関連の資料はもとより、多種多様の書物が収められている。

当然、図鑑の類いもあるだろうし、暇があればこの大樹の正体を調べてみるのもありだろう。

ともあれ、ジーニアスに通う前であれば、ここには一週間に最低二回は訪れていた。俺にとって、家族の住む家に次ぐ思い出深い場所だ。

第二の我が家と言っても過言ではない。

大樹の根元にある内部へと続く玄関戸に近づき、ノックをする。それから、俺は扉から十歩ほど離れた。

三回に一回くらいの確率で、俺がここに来ると婆さんに手厚くもてなされる。具体的には、扉を開けようとすると、挨拶の代わりに拳や蹴りが飛びだしてくる。

大賢者にとっては戯れであるし俺も慣れたものだが、油断しすぎると痛い目にあう。

扉から離れ、すぐさま動けるように軽く身構える。何事も無ければ普通に扉が開かれ、そう出なければ扉が開かれると同時に大賢者が飛びだしてくる。どちらでも対応できるように意識を研ぎ澄ませる。

――頭上から、迫り来る存在に気が付く。

反射的に頭上で両腕を交差した。

次の瞬間、『ドゴンッ！』と両足が地面に陥没しそうな強い衝撃が俺の躯に襲いかかる。

俺の真上から強襲してきた大賢者による踵落としだ。交錯して受け止めた両腕にも強い衝撃が伝わった。

大賢者《かのじょ》の体躯は小柄だ。身長は俺よりも頭一つ分は小さく、体付きも少女そのもの。しかし、その小さな躯から繰り出される一撃は、常に強烈で重い。

己の一撃を受け止められたというのに、大賢者は鮮烈な笑みを浮かべていた。可愛らしい顔立ちで大人もゾッとするような笑みを浮かべているのだからギャップが凄い。

受け止められた踵とは反対の足で俺の腕を蹴り、空中でくるりと後転してから着地。そのまま一気に間合いを詰め、魔力を纏った拳を繰り出してきた。

「はあぁっ！」

「だりゃぁっ！」

俺も手甲を投影した拳を振るい、大賢者の拳と正面からぶつかり合った。

――ゴガギンッ!!

肉体同士が単純に衝突しただけではありえない、硬質な衝突音。お互いに拳も魔法も、それらの根幹をなす肉体も無傷。だが、両者の踏みしめる大地が鳴動し、付近の砂が一気に巻き上がった。

拳を打ち込んだまま、俺と大賢者は静止する。

ただ黙って拳を突き合わせているのではない。

強く押し込めば受け流され、逆に力を弱めれば強引に押し込まれる。動きは無くとも、その内実は絶妙な拳の〝鍔迫り合い〟が繰り広げられていた。

——それは、大賢者が肩の力を抜くまで続けられた。

〝鍔迫り合い〟の終わりを悟った俺は拳を引くと、大賢者も同じく拳を降ろした。

「……何で今日ばかりは上から？　ってか、いつから準備《すたんばい》してたんだよ」

「お主が『黄泉の森』に入った直後じゃの。久々であるし、ちょっとした〝さぷらいず〟をしてみようかと思っての」

『黄泉の森』には大賢者が結界を張り巡らせている。攻撃的な効果は無いが、人間が侵入すればすぐさま大賢者に伝わる仕組みだ。

「よく来たなリース。さ、一ヶ月ぶりだし積もる話もあるじゃろうて。中でゆっくりと話すとしよう」

快い誘いに乗り、俺は大樹の家に足を踏み入れた。

——それから俺は、学校に入学してからの様々なことを大賢者に話した。

「だぁっはっはっは！　マジでか！　貴族どもの目の前で堂々と言ってのけたのか！　そりゃ傑作じゃのぅ!!　是非とも生で見ていたかったわい!!」

入学式で『防御魔法で最強を目指す』と宣言したことを話すと、大賢者は腹を抱えテーブルを叩きながら大きく笑った。

ラブレターをもらった事を話すと。

「ちょびっとだけ手紙を書いた輩に同情するのぅ。ちょびっとだけだが」

茶を啜りながら大賢者が呟いた。俺の何が悪かったのか、質問してみたが答えてくれなかった。

青髪《ラトス》と決闘したことも話した。

ラトスが実は女であり、性別を偽ってジーニアスに通っている事も伝えた。

大賢者が不義理をするような人でないのは、十年以上の付き合いがある俺が一番よく知っている。まぁ、そもそも黄泉の森に引き籠もっているので、俺以外の人間と会うことなど滅多に無いと考えたからでもあったが。

「……なに？　男装女子の上に、サラシの中に収められていたおっぱいが破城槌じゃと？　なにそれちょっとキャラ的に美味しすぎじゃろ」

つい、ラトスが破城槌《おっぱい》の持ち主である事を教えたら、急に鼻息を荒くして興奮しだした。

「なんでそこに一番食いつくんだよあんた。同性だろ、一応」

「一応もなにも儂は根っからの美少女じゃよ！」

本当の美少女は自分のことを〝美少女〟とは呼ばんだろう。

……大賢者の見た目が美少女なのは否定できないが。

「……まぁ、儂は見ての通りこんな小柄《なり》じゃからの。百合百合しぃ話ではないからの。豊満な乳という存在にはどぉぉぉしても憧れを抱いちまうのじゃよ。あ、憧れとるだけだからの！」

慌てたように否定を口にした大賢者は、それからわざとらしいほど大げさな咳払いをしてから落ち着きを取り戻す。

「にしても、難儀な女子《おなご》じゃのぉ。折角、天から与えられた素晴らしいものをもっとるのに、それを隠さなけりゃならんとは」

「何でも、ご家庭の事情らしい」

「やれやれ、貴族という輩は今も昔も難儀じゃのう」

貴族の権力争いを嫌って隠居しただけあり、大賢者の言葉には重みがあった。

「しかし、本当に惜しいのぅ」

「そんなにおっぱい大好きか」

「そっちじゃないわ阿呆。魔法使いとしての面じゃよ」

軽く俺を睨み付けてから、大賢者が言った。

「躯に戒めを付けている上に〝男として振る舞っている〟という意識があっては、心身ともに力は発揮できんじゃろうて。聞いた限りでは、相当な潜在能力《ポテンシャル》を秘めていると思うんじゃがな」

ラトスに関しての話はここらで打ちきりだ。本人が現状を受け入れている以上、俺たちがとやかく言える立場ではない。そもそも、ラトスは俺が彼女のおっぱいを見てしまったことに未だ気が付いていないしな。

「――どうやら、心配はなさそうじゃな」

不意に、大賢者が笑みを浮かべた。人を食ったような顔でもなく、鮮烈な顔でもなく、長き時を生きた老婆が見せるような柔らかな笑みだった。

最初、俺はなにを言われたのかが分からずに首を傾げた。

「いや、お主と出会ってから一ヶ月以上も顔を合わせない日は無かったじゃろうて。だから、少しだけ心配してたんじゃよ。お主がちゃんと都の学校でやっていけているかをな」

しみじみと語る大賢者に対して、俺は率直な感想を述べた。

「……孫に会えなくて寂しがるお婆ちゃんの心境？」

「子も孫も持ったことが無いから正確には分からんが、おそらくそうじゃろうなぁ。……って、言わせるな恥ずかしい」

ぷいっとそっぽを向いた大賢者の反応が、どことなくエリオットに似ていて俺は笑ってしまった。

——これからも、定期的に実家や大賢者の所に顔を出すようにしよう。

俺はそう心に決めたのであった。

あとがき

どうもこんにちわ。ナカノムラアヤスケでございます。
この度は『大賢者の愛弟子～防御魔法のススメ～』をご購入いただき、まことにありがとうございます。

当作品はネット小説投稿サイト『小説家になろう』にて連載中の同名小説に修正、加筆を加えた上で書籍化したものです。こうして書籍化に至ったこと、本当に嬉しく思います。拾い上げてくださった出版社様に深くお礼申し上げます。

ナカノムラは昔から『一見役立たずの能力だけれども、極めれば最強』という設定が大好きでした。それと同時に『何ら特別な出自も因果も持たない一般人が、才能溢れる実力者を倒す』という〝大物喰らい《ジャイアントキリング》〟の物語が堪らなく好きでした。
そんなナカノムラの欲望を具現化した存在が本作の主人公である『リース・ローヴィス』でした。

リースは世間一般では外れくじの代名詞とも呼べる『無属性魔法』の使い手であり、守ることしかできず効率も非常に悪い『防御魔法』しか扱えません。その上、特別な才能を持っているわけでもなく他の作品で言えばまさしく『一般人《モブ》』と呼ばれる存在でしょう。

ですが、内に秘める無駄に迸る情熱と凝り性によって、彼の防御魔法は並み居る魔法使いを圧倒する存在へと昇華されます。それらを駆使し、ライバルたちを爽快に倒していく痛快バトルファンタジーが、この『大賢者の愛弟子～防御魔法のススメ～』なのです。


それでは関係者の方々への謝辞で締めたいと思います。

絵師を担当してくださった植田亮《うえだりょう》さん。色々と手間暇をお掛けしましたが素晴らしいイラストをありがとうございます。編集さん、この作品を拾ってくださって本当にありがとうございました。

この本を出すために関わった皆様、本当にありがとうございます。

そして、ネット小説時代から本作を読み応援してくれた方々。この本を手にとって頂いた読者さん。本当にありがとうございました。


では、機会があれば次巻でお会いしましょう！

ナカノムラアヤスケ

2巻でもリースが
波乱万丈な生き様を見せつける！
大賢者の愛弟子
Great wise man's beloved pupil
防御魔法のススメ
2
ナカノムラアヤスケ　イラスト●植田亮
今秋発売予定！

大賢者の愛弟子～防衛魔法のススメ～

2018年6月1日　第1刷発行

著　者　ナカノムラアヤスケ

発行者　本田武市

発行所　TOブックス
〒150-0045
東京都渋谷区神泉町18-8　松濤ハイツ2F
TEL 03-6452-5766（編集）
0120-933-772（営業フリーダイヤル）
FAX 050-3156-0508
ホームページ　http://www.tobooks.jp
メール　info@tobooks.jp

印刷・製本　中央精版印刷株式会社

ISBN978-4-86472-692-4